Les femmes de ma vie

LYCIA ETZ

ISBN : 9798871247167

DÉDICACE

À ma famille, que serais-je sans vous ?

À Marine et Marie, j'espère que ce deuxième tome vous captivera comme le premier.

À celles et ceux qui se battent au quotidien contre leurs démons.

Chacun de nous est une lune, avec une face cachée que personne ne voit.

Mark Twain

1. PRENDRE LES ESCALIERS

20h27, j'essaie tant bien que mal de me concentrer sur le flot de paroles infini de la jolie blonde qui me fait face. Yeux bleus, poitrine généreuse, brushing impeccable, hyper maquillée, lèvres pulpeuses, légèrement cruche, on la croirait tout droit sortie d'une télé réalité. Ce n'est pas vraiment mon type mais c'est tout ce qu'il me faut ce soir. Je hoche la tête mécaniquement, lâche quelques onomatopées à intervalle fixe, elle n'a pas l'air de se rendre compte que je n'écoute rien de ce qu'elle me dit. Pourquoi je m'inflige ça ? Ah oui, parce que je n'ai aucunement envie de m'attacher à une jeune femme intelligente avec qui je pourrais me projeter sur le long terme. Ça m'est arrivé une fois, c'était la fois de trop.

J'attrape mon verre et laisse les arômes de la bière blonde conseillée par le serveur se propager lentement dans ma gorge. Cette sensation m'offre un peu de réconfort.

Mon regard se balade dans la salle à la recherche d'une distraction dans ce bar un peu trop calme à mon goût. C'est l'un de ces endroits joliment décorés mais sans âme. Une page de magazine pour les gens lambda qui souhaitent donner l'illusion de fréquenter des lieux chics. Tout ce que je ne suis pas. Je déteste les faux semblants. Il paraît donc évident que ce n'est pas moi qui ai choisi le lieu du rendez-vous.

Juste à côté se trouve un autre couple, aussi mal assorti que moi et... Johanna, Anna ? Je suis incapable de me rappeler de son prénom. Appelons-là Blondie. Je disais, non loin de nous est assis un couple et leur rendez-vous a tout d'un premier rencard. Le gars, 25-30 ans, certainement informaticien, se tortille sur sa chaise, gratte son cou, son inconfort est palpable. Il tente des blagues mais ça ne prend pas. La nana, plutôt mignonne, même tranche d'âge, peut-être légèrement plus jeune, est quasi muette. Le langage corporel ne trompe pas. C'est un date[1] foireux, tout comme le mien.

- ... tu en penses ?

En pense quoi ? Merde, j'ai raté un épisode important.

- Pardon, je me suis laissé emporter par mes pensées, dis-je avec mon plus beau sourire pour rattraper ma bourde.
- Je te disais que j'aimerais me teindre en rousse, tu penses que ça m'irait ?

Pas si important que ça l'épisode, finalement ! Bon c'est vrai qu'elle a de beaux cheveux Blondie. Ils ont l'air soyeux et légers, elle doit sans nul doute dépenser une fortune chez le coiffeur tous les mois, mais honnêtement je m'en fous royalement de la couleur qu'ils auront le mois prochain.

---

[1] Rendez-vous amoureux

- Bien sûr, dis-je malgré mon agacement grandissant, tout t'irait parfaitement, tu es magnifique.

Blondie s'empourpre instantanément et me gratifie d'un sourire éclatant. Je sens qu'elle s'emballe et moi, je me sens subitement coupable. C'est plus fort que moi, je suis toujours dans la séduction avec la gent féminine, même lorsque je ne suis pas intéressé. Ça passe par un compliment, un sourire, un clin d'œil, je ne sais pas me contrôler.

Je décide de mettre un terme à cette mascarade.

- Écoute, dis-je en me raclant la gorge et en me redressant sur mon siège, je ne me sens pas très bien ce soir, je vais rentrer.
- Ah mince, tu veux un comprimé ? J'ai toujours des médocs sur moi.

Quel genre de médocs ? Qui se balade avec une armoire à pharmacie sur soi ? Blondie, que me caches-tu ? Non en vrai je ne veux pas savoir.

- Non ça va aller, merci. J'ai juste besoin de repos, dis-je en me levant pour marquer la fin de notre rendez-vous. C'est la folie au boulot en ce moment.
- Je comprends. On essaie de se revoir bientôt ?

L'intonation de sa voix est légèrement plus aigüe tandis que ses joues se sont davantage teintées de rose. Blondie se lève à son tour et me regarde d'un air inquiet, attendant la sanction. Rendez-vous réussi ou rendez-vous raté ?

- Bien sûr, j'ai passé un super moment. Je t'appelle dans la semaine.

OK, je sais, ce n'est pas cool de lui donner de faux espoirs alors que je sais pertinemment, et je sais que vous savez, que je ne la rappellerai jamais. Mais franchement, là ce soir, je n'ai pas envie d'expliquer à une jeune femme naïve pourquoi je ne la recontacterai pas. Je règle l'addition et je m'enfuis du bar aussi vite que mon coloc lorsque je lui demande de faire la vaisselle. D'ailleurs si mes souvenirs sont bons, il m'a mentionné une soirée chez l'une de ses amies, Mathilde. Je le rejoins ou je rentre à la maison ? C'est vite réfléchi, je n'ai aucune envie de passer le reste de la soirée affalé sur le canapé en ayant pour seule compagnie mon pack de bières. En y repensant, je bois beaucoup trop en ce moment. Il faut que je me calme.

Je compose le numéro de Matthieu. Bien sûr, il ne décroche pas. Ce con doit être en train de draguer tout ce qui bouge, comme à son habitude. À nous deux, nous faisons la paire. Je retente ma chance. Toujours pas de réponse. Je suis condamné à rentrer à l'appart. D'un pas nonchalant, je me dirige vers le métro à la recherche d'un plan C. La vérité, c'est que je n'ai pas beaucoup d'options. Cela fait seulement deux mois que je suis de retour à Paris et je ne connais plus grand monde. La plupart de mes amis sont partis s'installer en province en quête d'une meilleure qualité de vie, les autres ont construit une vie de famille et sont par conséquent rarement disponibles, d'autant plus à 21h30 en pleine semaine.

Après mettre expatrié à Singapour et avoir crié sur tous les toits que je ne reviendrais pour rien au monde dans cette ville de fous, qui eut cru que je me retrouverai un soir de novembre glacial en haut des marches du métro Jacques Bonsergent, à me demander ce que je fous là ?

Elle est loin la vie de rêve sous le soleil ! Bon je vous l'accorde, sous un soleil de plomb. Mais tout de même vous conviendrez que la vie est plus douce lorsque les températures dépassent vingt-deux degrés toute l'année. Alors pourquoi suis-je rentré en France si c'est pour me plaindre ? Je dirais que j'ai été rattrapé par un manque inexplicable que je n'arrivais plus à ignorer. Vivre loin de ses proches n'est pas toujours simple. Vivre loin d'*elle* me faisait cogiter… Beaucoup trop.

Malgré le cadre de vie agréable, malgré les nouvelles amitiés, je sentais qu'il était temps pour moi de rentrer au bercail. Mon pays m'appelait. J'avais simplement oublié à quel point l'automne est une saison pourrie. J'aurais mieux fait de rentrer en mai !

Une chose est sûre, il va vite falloir que je prenne une décision pour le reste de ma soirée car je ne vais pas pouvoir errer dans le froid très longtemps. Mes doigts gelés commencent à être douloureux. Je souffle dans mes paumes jointes pour les chauffer un peu. Dieu merci, les vibrations de mon téléphone viennent à ma rescousse. C'est Matthieu. Je décroche.

- Mec, tu as essayé de me joindre ?
- Oui ! Tu es où ?
- Chez mon amie, Mathilde. Je t'en ai parlé !
- Tu crois que je peux vous rejoindre ? J'ai la flemme de rentrer à l'appart.
- Tu n'avais pas un rencard ce soir ?
- Oui mais laisse tomber. Franchement, très jolie nana, un peu surfaite, mais c'est une coquille vide.
- C'est ce que tu voulais non ?
- Oui mais non, il faut un minimum… Alors ? Je peux te rejoindre tu crois ?
- Attends deux secondes…

Je l'entends chuchoter à l'autre bout du fil.

- Yes, c'est bon. Je t'envoie l'adresse par texto.

Bingo ! Je rebrousse chemin pour m'arrêter à l'épicerie la plus proche. Vu que j'impose ma présence chez une inconnue, je ne peux pas arriver les mains vides. Je m'arrête au rayon vin et porte mon choix au pif sur un Bordeaux blanc. Espérons qu'il sera bon. Je consulte le SMS de Matthieu et constate que l'appartement de Mathilde se trouve du côté de l'hôpital Saint-Louis, à peine à quinze minutes à pied d'ici. Le vent est cinglant, je songe à prendre un Vélib' pour aller plus vite, mais me ravise. Marcher me fera du bien. J'enfonce mon bonnet sur mes oreilles, enfile une paire de gants qui traine dans mon jean et c'est parti, je prends la direction du canal Saint-Martin d'un pas vif pour me réchauffer.

J'ai toujours aimé ce coin animé de la capitale avec ses nombreux restaurants et bars qui débordent d'imagination pour attirer les clients. Ils ont l'embarras du choix. À cette période de l'année, les terrasses sont désertes mais les Parisiens ne rechignent jamais à se retrouver entre amis autour d'une bonne bière ou d'un burger bien gras mais gastronomique, avec du bœuf pur race, des tomates séchées et de la tomme de montagne. En résumé, le 10e est l'arrondissement parfait pour les bons vivants qui, comme moi, détestent rester chez eux. La vie est faite pour profiter, et pour profiter, il faut sortir !

Honnêtement je n'ai jamais compris les casaniers. Lorsque je me retrouve seul chez moi plus de deux heures, hormis pour dormir, c'est que je suis malade. Et encore ! Il me faut une bonne grosse crève qui me cloue au lit. J'ai besoin d'activité, de voir du monde, de parler, de rire, de m'engueuler, de me dépenser, de vivre ! C'est là que je puise mon énergie. Ce besoin d'activité permanent est tellement fort qu'il ne me laisse aucun répit, même la nuit. J'ai longtemps été insomniaque, ne trouvant le sommeil qu'au petit matin, jusqu'au jour où Satya, une amie rencontrée à Singapour, m'a fait découvrir la méditation. Je lui avais d'abord ri au nez : « Quoi ? Moi ? Faire de la méditation ? Jamais ! ». Mais moins je dormais, plus j'étais à cran et disposé à tout tenter. Pourvu que je dorme.

Pour mon initiation, Satya avait choisi un fond sonore imitant le bruit de la pluie, puis elle avait allumé quelques bâtons d'encens. Elle m'avait d'ailleurs appris que « Satya » est une marque d'encens naturels de qualité, entièrement roulés à la main et très utilisés en Inde, son pays d'origine. Rapidement, un parfum boisé mais doux s'était diffusé dans la pièce. Elle m'avait demandé de m'allonger les yeux clos dans une position qui m'était confortable puis d'une voix douce et calme, m'avait guidé dans un monde qui jusque-là m'était inconnu : celui de la pleine conscience.

Cette expérience a été une véritable révélation, accessoirement une véritable libération, car c'est désormais le seul moyen dont je dispose pour reposer mon cerveau, me recentrer sur moi, et m'endormir efficacement. Peu de personnes savent que suis un adepte de la méditation. Estimez-vous heureux, je viens de vous confier un secret !

J'arrive rapidement en bas de l'immeuble de Mathilde. Matthieu n'a pas fait les choses à moitié, il m'a envoyé toutes les infos : codes d'accès, numéro de bâtiment, étage, porte. Je suis convaincu que ce n'est pas lui qui a rédigé le SMS. Jamais un gars aussi tête en l'air aurait pu être à ce point précis. C'est sûrement un copier-coller des instructions qu'il a lui-même reçu. Je tape le code 24B40. La porte d'entrée en fer forgé s'ouvre en un claquement, donnant accès à un petit couloir pavé menant à une vaste cour intérieure arborée et entourée de quatre bâtiments d'époque aux larges fenêtres. Pas mal du tout. Les secrets de Paris. Derrière les portes les plus banales se cachent des trésors insoupçonnés.

On est loin de l'immeuble miteux, à la moquette décrépie et aux murs infiltrés d'eau, dans lequel je vis actuellement et que d'ailleurs je refuse d'appeler mon « chez moi ». C'est juste un endroit de passage, en attendant de trouver mieux. Le marché de l'immobilier parisien est une véritable jungle. Il faut montrer patte blanche aux propriétaires, soucieux de prendre le moins de risque possible concernant la solvabilité de leurs locataires. Alors autant dire que quand on vient de l'étranger, qu'on est encore en période d'essai, qu'on n'a pas de quittances de loyer d'un précédent bail à présenter, pas de garants, pas de ci, pas de ça, le dossier qu'on a pris soin de préparer et d'imprimer part directement à la poubelle. Quant à Matthieu, éducateur spécialisé dans un foyer pour jeunes en situation de rupture familiale, il ne roule pas sur l'or. Encore un mois à tenir, une fois ma période d'essai validée nous pourrons sortir de là et nous trouver un appart digne de ce nom.

Je me dirige vers le bâtiment C, tape cette fois le code 15A20 et pénètre dans le hall décoré d'un immense miroir doré et de petits arbustes. Note à moi-même : penser à demander à Mathilde ce qu'elle fait dans la vie et quel est le montant de son loyer. Je profite de cette invitation au narcissisme pour jeter un œil à mon reflet. Le style « barbe de trois jours » me va plutôt bien. Normalement, je suis du genre à me raser de près mais depuis quelque temps j'ai envie d'essayer autre chose. Nouvelle vie, nouveau look ! J'enlève mon bonnet, le range dans la poche de mon manteau et remet un peu d'ordre dans mes cheveux.

Let's go ! [2] J'hésite à prendre l'escalier dont chaque marche, typique des vieux immeubles parisiens, est plus bancale que la précédente, mais la fainéantise l'emporte. J'appelle l'ascenseur minuscule qui dessert les six étages de l'immeuble. L'appareil descend lentement et bruyamment. Il fallait bien que quelque chose cloche dans cet immeuble. Est-ce-que j'ai vraiment envie de monter dans ce truc ? Ça m'a l'air risqué…

- Je vous conseille de prendre les escaliers. Une fois sur deux il reste bloqué entre deux étages, dit une voix étrangement familière dans mon dos.

Je me retourne. C'est alors que je la vois. Belle. Magnifique. À tomber. Exactement comme dans mes souvenirs. Non, encore mieux. Juste devant moi. Comme un enfant qui se retrouve face à une montagne de bonbons, je n'en crois pas mes yeux.

- Milla ?
- Gabriel ?

[2] Allons-y !

2. OBSERVER LE LOUP

Milla se précipite vers moi et me claque une bise chaleureuse. Le contact de sa joue glacée contre la mienne provoque en moi une décharge électrique que je tente d'ignorer. Cette fille est la seule à me faire cet effet. Mes yeux s'attardent sur sa bouche fardée d'un rouge brique avant de me reconcentrer sur ses yeux gris en amande, étirés par un léger trait noir. De nombreuses tâches de rousseur ambrées parsèment délicatement son nez. Quelle beauté…

Cela fait plus d'un an que je ne l'ai pas vue et pourtant le désir que je ressens pour elle est intact. Un an que j'ai multiplié les rencontres pour ressentir précisément ce truc-là, cette adrénaline qui descend le long de ma colonne vertébrale pour se loger ensuite en bas de mon dos, ce frisson qui me fout la chair de poule. J'ai longtemps pensé que c'était une histoire de physique – de phéromones peut-être ? – mais il n'en est rien. Même en ayant fréquenté des canons de beauté, je n'ai jamais retrouvé cette sensation. J'ai tenté de me détacher du corps pour m'ouvrir à d'autres horizons en fréquentant des femmes qui me plaisaient moins physiquement mais avec qui je sentais une vraie connexion mentale. Là encore, cuisant échec. J'ai fini par abandonner et me suis contenté de collectionner les histoires sans lendemain, sans saveur, comme Blondie, fade. Alors ce soir, je suis comme un camé sevré de force, devant qui on agite un sachet de cocaïne.

- Mais qu'est-ce que tu fais là ? me demande Milla avec enthousiasme.
- Là dans cet immeuble ? Ou *là*, à Paris ?
- Je constate que tu te moques toujours autant de moi ! dit-elle avec une moue triste qui me donne envie de croquer ses joues rosées par le froid.
- Qui aime bien, châtie bien, non ?

Elle secoue la tête, comme pour chasser cette idée loin d'elle. Si je m'écoute, je la tire vers moi et l'embrasse comme jamais elle n'a été embrassée pour qu'elle n'oublie jamais que je l'aime. Oui je l'aime, qu'elle le veuille ou non. Même si je ne lui ai jamais dit. Même si je ne lui dirai probablement jamais. À quoi bon de toute façon ? Elle m'a quitté pour un crétin et moi j'ai été bien trop fier – bien trop con ? – pour me battre pour elle. Aujourd'hui, il est bien trop tard.

- Ben écoute, je ne vis plus à Singapour, reprends-je en feignant un ton neutre pour masquer mon tumulte intérieur. Je suis rentré il y a à peu près deux mois et ce soir je m'incruste à une fête, chez une fille que je ne connais pas car je n'ai rien de mieux à faire de ma soirée.

Dis comme ça, ma vie a l'air pathétique vous ne

trouvez pas ? Mais ça m'est égal. Je ne lui ai jamais menti, ce n'est pas aujourd'hui que ça va commencer. Est-ce que j'espère secrètement que Milla me propose d'aller boire un verre pour que l'on se raconte nos vies et qu'on rattrape le temps perdu loin l'un de l'autre ? Oui, carrément. Mais elle ne semble pas remarquer le trouble qu'elle a causé en moi, ni la tempête qui ravage actuellement mon cerveau. Elle semble simplement contente de me voir, comme lorsqu'on tombe par hasard sur un vieil ami perdu de vue il y a des années. C'est ça que je suis pour elle ? Un vieil ami ? Quelle horreur !

- Et toi alors ? Qu'est-ce que tu fais là ? demandé-je à mon tour, curieux.
- Ma meilleure amie vit ici.

« Meilleure amie ». Ces mots, que je croyais réservés aux collégiens, me font sourire.

- Non mais attends, je n'arrive pas à croire que tu as quitté Singapour ! enchaîne Milla visiblement perplexe. Tu avais l'air tellement épanoui là-bas.
- Je l'étais.
- Et qu'est-ce qui t'as poussé à rentrer alors ?

Toi, Milla, c'est toi qui m'as poussé à rentrer. Depuis que je t'ai rencontrée je n'ai cessé de penser à toi.

À défaut de penser à voix haute, j'opte pour une réponse prudente.

- Le mal du pays, réponds-je comme un robot donnant les réponses attendues par son interlocuteur.
- Quoi ? Toute cette grisaille te manquait ?
- Disons plutôt que les *gens* me manquaient.

Je la fixe, espérant qu'elle comprenne enfin. Elle hoche la tête, pensive. Ses yeux croisent les miens mais fuient rapidement. Il y a subitement comme un malaise. Une tension palpable mais silencieuse. Des non-dits que nous n'osons verbaliser. Un mutisme qui nous paralyse. J'ouvre la bouche pour tenter de briser le silence mais la referme aussitôt lorsque mon téléphone se met à vibrer dans ma poche. On peut dire que ce soir Matthieu a un parfait sens du timing. Il tombe toujours à pic. Je m'excuse auprès de Milla et décroche.

- Mec, tu t'es paumé ou quoi ? Je pensais que tu étais à côté, me sermonne mon ami.
- Je suis dans le hall, je monte, dis-je avant de raccrocher.
- Moi aussi je dois y aller, mon amie m'attend, me dit Milla avec empressement comme si elle avait trouvé la parfaite fenêtre pour s'échapper. Alors escalier ou ascenseur ?
- Je fais confiance à l'experte !

Ravie de cette réponse, elle s'élance vers l'escalier. Je lui emboite le pas et lutte pour ne pas reluquer son corps tandis qu'elle monte les marches de sa démarche chaloupée. Les températures sont négatives à l'extérieur, il y avait même quelques flocons de neige, et pourtant la jolie métisse est vêtue de collants fins et d'un manteau noir cintré qui lui arrive au milieu des cuisses. Je me demande ce qu'elle porte en dessous. Bien des choses me traversent l'esprit…

- Tu t'arrêtes à quel étage ? demande-t-elle par-dessus son épaule.
- Au troisième.
- Ah, moi aussi !

Il faut croire que c'est la soirée des coïncidences.

- Plus que trois marches monsieur le sportif et nous y sommes ! Tu connais le numéro d'appartement ?

- 304, si ma mémoire est bonne.

Milla se tourne brusquement vers moi en me fixant d'un air suspicieux.

- Tu vas chez Mathilde ?
- J'imagine que toi aussi ?

Elle hoche lentement la tête de haut en bas. Note à moi-même : jouer au loto dès que possible !

- Monsieur Delaunay, m'avez-vous espionné ? demande-t-elle en élevant le sourcil droit.

J'éclate de rire. Un rire franc et joyeux. Je ne sais pas si c'est sa question, ma nervosité, ou la joie de l'avoir ici avec moi, qui me fait réagir ainsi. Cela doit être un mélange de tout cela.

- J'aurais bien voulu Milla, mais tes réseaux sociaux sont privés et il y a bien longtemps que tu m'as supprimé de tes contacts !
- Pas faux ! s'exclame-t-elle avec une légère gêne.
- Pourquoi tu m'as supprimé d'ailleurs ?

Elle réfléchit un instant.

- Pour éviter toute tentation… avoue-t-elle en se mordant la lèvre inférieure.
- Je suis une tentation pour toi ?
- Tu es bien plus que ça.

Mon cœur s'emballe. C'en est trop pour moi.

- Je peux te prendre dans mes bras ?

Surprise par ma demande impromptue, Milla me sonde de son beau regard gris qui me fait davantage chavirer. Ai-je été trop ambitieux ? Trop impatient ? Dans ma poitrine, mon cœur bat au rythme d'une danse endiablée. Avant que je n'aie eu le temps d'ouvrir la bouche pour me confondre en excuse, elle vient se loger dans mes bras et pose sa tête contre mon torse. Je ferme les yeux et la serre aussi fort que possible. Nous restons ainsi blottis l'un contre l'autre pendant de longues secondes.

Son odeur vanillée vient doucement me chatouiller les narines. J'inspire discrètement pour m'en imprégner. Ses longues boucles caramel aux reflets dorés caressent mon torse, je ne résiste pas à l'envie d'y plonger mes doigts. Elles sont douces, exactement comme dans mes souvenirs. Je commence un lent massage crânien que ma Belle semble apprécier. Je continue et m'attaque cette fois à sa nuque. Milla lève ses yeux en amande vers moi, je me penche vers elle, attendant son approbation. Comme lors de notre première rencontre au cours d'un vol Paris-Singapour, tout bascule en une fraction de secondes. Seuls quelques centimètres séparent nos lèvres. Je respire son air, elle respire le mien. Il semble y avoir une force magnétique qui nous aimante et nous contraint à nous rapprocher. Mais la magie ne dure pas.

Un « clac » sec suivi d'un grincement se fait entendre au fond du couloir, certainement une porte qui s'ouvre. Je n'y prête pas vraiment attention mais Milla, elle, s'éloigne rapidement de moi. Son visage est empreint d'un sentiment de culpabilité tandis que le jeune homme coupable d'avoir mis un terme à notre étreinte m'adresse un clin d'œil.

- Désolé, je n'aurais pas dû, m'excusé-je confus auprès de Milla dès que nous sommes de nouveau seuls.
- Ce n'est pas toi, c'est moi…Pardon...

Sur ces mots prononcés à voix basse, elle tourne les talons. Ma Belle m'échappe de nouveau.

- C'est par ici, dit-elle sans me regarder.

Elle appuie sur la sonnette et deux secondes plus tard, la porte de l'appartement 304 s'ouvre sur une joyeuse troupe, clairement alcoolisée, qui l'accueille en chantant. De l'appartement s'échappe de la musique techno répétitive dont le son mériterait d'être baissé. Moi qui pensais participer à une soirée calme où l'on s'entendrait parler, c'est visiblement raté. J'aurais mieux fait de ramener un pack de bière à la place de cette bouteille de vin blanc. Je me sens presque ridicule. Notons tout de même la bonne insonorisation de l'immeuble, c'est plutôt étonnant pour un vieux bâtiment. Si j'avais entendu ce boucan, beaucoup trop en décalage avec mon humeur du moment, j'aurais sans aucun doute fait demi-tour.

- Enfin ! Je n'y croyais plus ! crie une petite brune surexcitée en serrant la femme que j'aime contre elle.

Milla est alors absorbée à l'intérieur de l'appartement faiblement éclairé, telle une petite crevette capturée par les tentacules d'une pieuvre géante. Je ressens un pincement au cœur. À peine retrouvée et déjà loin de moi. Je la vois retirer son manteau et ainsi dévoiler une robe pull bordeaux qui épouse parfaitement les courbes de son corps. Elle est magnifique.

- Tu dois être Gabriel ? me demande la brune en me reluquant de la tête aux pieds.
- Et toi Mathilde ? demandé-je en lui tendant la bouteille de vin.

La jeune femme répond à ma question par une bise appuyée suivie d'un sourire aguicheur et m'invite à entrer. C'est moi ou elle me drague ? Je n'ai pas le temps de me pencher davantage sur la question, la brunette se laisse emporter par la musique et part se trémousser au milieu du salon. Je suis rejoint par Matthieu, vêtu d'un marcel blanc dévoilant son corps bodybuildé et d'un bonnet en laine rouge alors qu'il doit bien faire cinquante degrés dans cet appartement. Mon ami est fidèle à son âme d'artiste. « L'artiste » est d'ailleurs le surnom que je lui donne.

- Bravo pour l'association débardeur-bonnet, je n'y aurais pas pensé, le taquiné-je.
- C'est normal, tu n'as aucun style !
- Enfoiré !

Après le divorce de mes parents, j'ai quitté Rouen à mes huit ans pour emménager à Nice avec mon père. J'étais à cette époque un petit garçon en colère. J'en voulais terriblement à ma mère que je voyais peu car elle avait décidé de refaire sa vie. Sans moi. Elle s'était remariée et avait eu deux autres enfants, mes frères jumeaux, Simon et Noah. Je ne les voyais que pendant les grandes vacances, deux longs mois, pendant lesquels mon beau-père passait son temps à me rabaisser sans que ma mère ne prenne ma défense. J'étais au choix, un petit fainéant qui ne ferait pas grand-chose de sa vie, trop maladroit pour un garçon, pas assez dégourdi, empoté et que sais-je encore. Vous voyez le personnage ?

Au collège j'ai supplié mon père pour qu'il ne m'envoie plus en vacances chez ma mère. Cette dernière n'a été ni perturbée ni étonnée par mon choix. Au contraire, je crois que cela a été un soulagement pour elle. Elle ne m'a jamais demandé pourquoi je ne souhaitais plus venir chez elle, elle s'est contentée de m'appeler une fois par mois, comme si de rien n'était.

Au fond de moi, j'espérais qu'elle redeviendrait la mère aimante et attentionnée qu'elle était autrefois, pas cette étrangère qui n'avait que faire de moi. En réalité ce n'était pas ma mère ni mes frères que je ne souhaitais plus voir, c'était son con de mari. Nos conversations téléphoniques étaient laconiques, une corvée, à la fois pour elle et pour moi. Les appels ont fini par s'espacer, tous les deux mois, puis deux à trois fois par an, jusqu'à complètement s'arrêter.

C'est aussi la période où j'ai commencé à faire pas mal de conneries. Rien de bien méchant, mais suffisamment grave pour inquiéter mon père. Quelques vols, quelques tags, quelques joints… Puis j'ai rencontré Matthieu. Nous étions dans la même classe et habitions le même lotissement. Il était bon élève, beaucoup plus sage que moi, rien ne laissait penser que nous deviendrions amis. C'est notre passion commune qui nous a réuni : la musique. Le saxophone pour moi, la guitare pour lui. J'étais constamment fourré chez lui, nous ne nous quittions plus. L'un composait, l'autre écrivait, à tour de rôle, tels deux grands artistes torturés. Avec le temps ma colère s'est adoucie, j'ai retrouvé ma joie de vivre et Matthieu y est pour beaucoup.

- Regarde ça, me dit L'Artiste en me montrant deux invités.

Le premier est torse nu, l'autre saute comme un kangourou avec une patte cassée, le tout en s'égosillant. Littéralement. Je crois que quelque chose ne tourne pas rond dans cet appart. Je commence à douter du fait que tout ce petit monde ait juste consommé de la bière. Suis-je chez les fous ? Vue la mine déconfite de Milla, je crois que je ne suis pas le seul à me poser des questions. Elle a l'air tout aussi déconcerté que moi.

- Tu aurais pu me prévenir que j'allais mettre les pieds dans une rave party[3], dis-je à l'attention de Matthieu.

L'artiste lâche un rire nerveux tout en se grattant l'arrière de la tête.

- Rien ne laissait présager que la soirée prendrait cette tournure. Lorsque tu m'as appelé nous étions juste trois.

Je lève un sourcil, je peine à y croire. Compte tenu de la scène à laquelle j'assiste, je doute fortement que tous ces gens soient arrivés là par hasard et que ce soit une dérive imprévue.

- Je t'assure que c'est vrai ! se défend L'artiste en lisant dans mes pensées. Le mec en noir là-bas a débarqué avec cinq personnes et tout est parti en cacahuète, dit-il en désignant un jeune homme longiligne d'une vingtaine d'années avec une clope éteinte à la bouche.
- Tu plaisantes ?

Il secoue la tête d'un air contrit en guise de négation.

- Mais c'est qui ce mec ?
- Un gars que Mathilde a rencontré sur Tinder.
- Pardon ? manqué-je de m'étouffer. Mais je croyais que tu avais des vues sur elle, que vous étiez quasiment en couple.

Le pauvre lève les épaules, dépité.

- Je comprends mieux le marcel-bonnet, dis-je en rigolant. C'est pour capter son attention c'est ça ?

Matthieu me fusille du regard. C'est de bonne guerre. Ce boute-en-train ne manque jamais une occasion de me taquiner. Bien que j'en rigole, je trouve le comportement de Mathilde complètement

---

[3] Fête avec de la musique électronique

irrespectueux. Matthieu mérite mieux. Je lui propose de remplir son verre pour noyer sa peine, ce qu'il accepte volontiers. De mon côté je m'abstiens. Ce soir, plus d'alcool pour moi.

Je suis néanmoins perplexe. Quel est le rapport entre Matthieu, trentenaire beau gosse légèrement extravagant mais à la situation stable, et ce gamin gringalet qui a l'air d'un dealer complètement paumé ? Aucun. J'ai du mal à comprendre à quoi joue Mathilde. Matthieu me l'a toujours présentée comme une jeune femme zen, douce, tournée vers les autres – loin de l'hystérique qui m'a ouvert la porte tout à l'heure. Il y a deux jours il me confessait même être prêt à se poser et à lui déclarer sa flamme. Et puis Mathilde est la « meilleure amie » de Milla, *ma* Milla ! Intelligente, réfléchie, prudente… Ça ne colle pas ! Vous ne trouvez pas ? Pour l'instant j'ai du mal à trouver des points communs aux deux copines.

En parlant du loup, je ne cesse de l'observer discrètement de loin. Milla a pris soin de s'assoir dans un coin à l'autre bout de la pièce, loin de moi, le regard perdu dans le vide. Elle n'a pas vraiment l'air de s'amuser. J'essaye de capter son attention en vain.

- On se tire d'ici ? me demande Matthieu, subitement agacé par la situation.

Je me racle la gorge.

- Pas tout de suite.

3. ACCUSER LE COUP

L'artiste n'a pas voulu rester une seconde de plus dans l'appartement 304. Je le comprends. S'il n'y avait pas eu Milla, je crois que je n'y aurais pas mis un orteil. Mais ma Belle est là. Alors je suis resté. J'attrape une chaise et m'assieds à ses côtés. Elle me sourit timidement, sans soutenir mon regard. Milla tripote les boucles dorées qui encadrent son visage légèrement arrondi.

- Je pense que je vais y aller, finit-elle par lâcher en grimaçant.
- Tu as pourtant l'air de t'amuser comme une folle !

Cette taquinerie a le mérite de lui arracher un léger rictus.

- Je te raccompagne ?
- Je ne suis pas sûre que ce soit une bonne idée…
- Je ne vais pas te manger Milla, dis-je en me levant et en lui tendant la main.

Elle regarde mes doigts puis regarde les fous qui

s'agitent autour de nous. Ils sautillent à pieds joints sur cette musique psychédélique, toujours trop forte.

- Ça ne m'étonnerait pas que les flics débarquent bientôt.

Résignée, Milla pose sa main dans la mienne et se lève à son tour. Nous quittons les lieux sans que personne ne s'en rende compte. Pas même Mathilde qui ne quitte plus la bouche de son dealer. L'artiste a bien fait de partir d'ici.

- Qu'est-ce qu'elle a ton amie ? demandé-je à Milla une fois sur le palier, légèrement agacé.
- Mathilde ? Je crois qu'elle est en pleine crise existentielle.
- Je veux bien… Mais elle n'est pas obligée de se jeter dans la fosse aux lions, elle peut se contenter de prendre l'avion pour Bali. Qui sait, elle rencontrera peut-être un charmant jeune homme pendant son voyage ? lâché-je avec un sourire en coin, pas peu fier de mon allusion.

Milla me lance un regard espiègle tout en posant son doigt sur ma bouche pour me faire taire. Elle n'est qu'à quelques centimètres de moi. Mon corps se tend. Vous vous souvenez de la sensation que j'ai passé des mois à rechercher ? Celle qui me crispe complètement ? Là tout de suite, je la ressens de nouveau.

- Gabriel, dit ma Belle d'un ton posé en se rapprochant un peu plus de moi, tu n'imagines pas à quel point je suis contente de t'avoir vu ce soir…

Je pose mes mains sur sa taille. Elle ne bouge pas.

- Mais ?
- Mais il faut que tu arrêtes de me draguer…

Tandis qu'elle prononce ces mots, ses yeux ne quittent pas les miens. Telles des émeraudes grises, ses pupilles scintillent et semblent vouloir révéler des choses que sa bouche ne dit pas. En matière de signaux contradictoires on ne peut pas faire pire. Je suis perdu.

- Parce que ?

Milla s'éloigne subitement de moi. Il y a de nouveau une distance de sécurité entre nous.

- Parque je ne suis pas célibataire.

Bam ! Je me prends un mur en pleine face.

- Tu es toujours avec ton ex ?
- Qui du coup n'est plus mon « ex ».
- Et ça se passe bien ?
- Comme un vieux couple.
- Donc ça se passe mal ?
- Comme un vieux couple.

Je comprends que je n'en saurai pas plus. Je n'insiste pas. Je me contente d'accompagner ma Belle au métro en lui faisant promettre de me donner des nouvelles. Elle me dit qu'elle le fera. Je fais le choix de la croire et la regarde disparaître dans la rame bondée malgré l'heure tardive. Mon cœur se contracte.

Fuis moi… Je ne te suivrai pas.

De retour dans le taudis qui me sert de logement, je trouve L'artiste avachi devant une série Netflix en vogue. Je me laisse tomber à ses côtés sur notre vieux canapé en cuir marron avec un long soupir. Le sofa est complètement élimé, on ne compte plus le nombre de coutures qui ont lâché, mais qu'est-ce qu'il est confortable ! Qui l'eut cru alors que nous l'avons déniché aux puces de Saint-Ouen pour une somme ridicule ?

- Ça va ? demandé-je à Matthieu en me doutant

de la réponse.

L'artiste ne dit pas un mot. Cela a toujours été comme ça avec lui, il se renferme dès qu'il n'est pas bien. Je me tais et me contente de rester à ses côtés. Avec le temps, j'ai appris qu'il faut lui laisser du temps.

La gorge sèche, je me lève et pars chercher deux bières à la cuisine, une petite pièce étroite équipée d'un simple évier en inox, d'une gazinière et d'un vieux frigo qui menace de rendre l'âme. Alors que je sors les boissons fraîches du frigo, je me souviens de ma résolution du début de soirée. Je repose les canettes et remplis deux grands verres d'eau. J'en avale un d'une traite, le pose dans l'évier, et ramène le deuxième à Matthieu.

- Tu la connaissais la métisse ? me demande-t-il alors que je lui tends le verre.
- C'est Milla, soupiré-je en reprenant ma place dans le canapé.
- Quoi ? demande-t-il en se redressant d'un coup. *La* Milla ?

Je hoche la tête en silence.

- Mais qu'est-ce qu'elle faisait là ?
- Mathilde et elle sont « meilleures » amies.
- Sans déconner ? dit-il abasourdi en secouant la tête. Mais tu savais qu'elle serait là ?
- Pas du tout.
- Mec, tu devrais jouer au loto.
- C'est exactement ce que je me suis dit.

J'attrape mon téléphone, lance l'application du loto et remplit une grille que je valide pour la modique somme de deux euros vingt.

- Vous avez pu discuter après mon départ ? me demande Matthieu.

- Pas vraiment.
- Bon tu me racontes ce qu'il s'est passé ou je vais devoir te tirer les vers du nez ?

Je ne réponds pas tout de suite, essayant de trouver des mots « neutres » pour décrire les évènements de la façon la plus impartiale possible. Pourquoi ? Par respect pour Milla. Et par honnêteté avec moi-même. J'ai vécu ces quelques instants passés avec ma Belle tel un homme assoiffé, perdu dans le désert, apercevant au loin une oasis. Fonçant, tête baissée, persuadé que ce qu'il voyait était réel, avant la violente désillusion. Tout ceci n'était qu'un mirage. Tous ces signaux que j'imaginais être le témoignage d'un intérêt pour moi après des mois de séparation, n'étaient en réalité pas réels.

- J'ai voulu l'embrasser, elle m'a demandé d'arrêter.
- Merde !

L'artiste se vautre de nouveau sur le fauteuil qui grince sous son poids. Nous enchaînons les épisodes de la série sans réellement voir les images qui défilent devant nous. Chacun essaye tant bien que mal de chasser les images de cette nuit que notre cerveau ne cesse de nous repasser en boucle. C'est ainsi que s'achève la soirée la plus improbable de ma vie.

Le lendemain, le son d'un tambour endiablé résonne dans mon crâne. Cette migraine aiguë, qui pointe le bout de son nez, promet de me faire passer des heures compliquées. Je songe deux secondes à poser ma journée mais ce n'est pas raisonnable. Je suis encore en période d'essai et je tiens à cet emploi que j'ai eu du mal à décrocher. Cinq entretiens ! Oui cinq ! J'ai cru qu'ils me feraient rencontrer l'intégralité de la boîte avant de m'embaucher. Alors après m'être donné autant de mal, il ne me reste plus qu'à avaler un doliprane accompagné d'un grand verre d'eau en espérant que cela fera l'affaire. Je prends mon courage à deux mains, sors du lit sans grand entrain, et me dirige vers la cuisine en trainant des pieds.

- Qu'est-ce qui t'arrive ? me demande Matthieu en voyant ma tête de déterré.

Je grommèle quelques mots inaudibles en lançant la préparation d'un Nespresso tout en avalant un cachet de paracétamol.

- Ça va ? demandé-je à mon ami en me rappelant la soirée de la veille.

Il hoche la tête en silence. Assis à la table de la cuisine, L'artiste déguste une tartine avocat saumon parsemée de graines de grenades et accompagnée d'un verre de jus d'orange fraîchement pressé. Le petit-déjeuner est pour lui un moment sacré. Il se lève de bonne heure afin d'avoir le temps de le déguster, tout mon contraire. Moi je suis du genre lève-tard, toujours en retard, si bien que chaque matin j'ai à peine le temps d'avaler une tasse de café.

- Devine qui m'a envoyé un message ce matin, me lance Matthieu.
- Mathilde ?

Il acquiesce en se léchant les doigts.

- Tu l'as envoyée bouler j'espère !
- Je n'ai pas encore répondu.
- Mais qu'est-ce qu'elle veut ?
- Qu'on se voit pour discuter.
- C'est une blague ?

Il hausse les épaules et engloutit la dernière bouchée de sa tartine.

- Tu as envie d'entendre ses explications ?
- Honnêtement non. Je ne pense pas qu'il y ait

un motif valable pour justifier un tel manque de respect. Cela fait des mois qu'on se tourne autour et elle galoche le premier inconnu qui la drague. C'est mort.

Il se lève et dépose ses couverts dans l'évier avant de tourner les talons.

- Bon j'y vais, dit-il en me faisant un salut de la main.
- À plus !

L'odeur du café chaud chatouille mes narines. À la recherche d'énergie, je trempe sans aucune précaution mes lèvres dans ce breuvage et me brûle aussitôt la langue. Je déteste ça ! Agacé, je dépose ma tasse et file à la douche. Tant pis.

Cette fois, c'est l'eau brulante qui s'écoule sur ma nuque. Je pourrais rester ainsi des heures tellement j'apprécie la morsure douce du liquide chaud sur ma peau, malgré la promiscuité de la cabine de douche qui m'oblige à rester quasi immobile. Je ferme les yeux pour m'abandonner à cette sensation. Rapidement le visage de Milla s'invite dans mes pensées, à pas de loup, sans y avoir été convié. Je vois ma Belle, son sourire, ses fossettes… Je sens son odeur. Elle est proche de moi. Alors que je m'apprête à l'embrasser elle me crie « Non ! ».

Putain !

De nouveau le son d'un tambour résonne dans mon crâne. J'ouvre les yeux et coupe l'eau avec rage. Et frustration.

4. REPRENDRE SA VIE EN MAIN

Aujourd'hui c'est le grand jour. Matthieu et moi déménageons dans notre nouvel appartement, un trois pièces traversant et lumineux situé dans le quartier des Buttes Chaumont avec une vue imprenable sur le parc. Dès que j'y ai mis les pieds, j'ai su que c'était le bon. Je suis littéralement tombé sous le charme de la grande pièce de vie avec cuisine ouverte et équipée, bien loin du cagibi sombre dans lequel nous vivions jusque-là. Matthieu, lui, n'a pas été emballé d'emblée.

- Oui mais tu comprends, m'avait-il dit, il n'y a pas d'âme ! Cet appart ressemble à toutes les pages de magazine déco. C'est comme si nous allions habiter dans un showroom[4] complètement impersonnel.
- Mec, qu'est-ce que tu racontes ? L'appart est vide ! Il a été entièrement refait à neuf, c'est normal qu'il n'ait pas d'âme pour l'instant !

[4] Local d'exposition

- Ce n'est pas juste ça Gab, regarde-moi ces murs blancs ! C'est déprimant…
- Mais tu veux des murs de quelle couleur exactement ?
- Je ne sais pas mais pas ça. Tu sais que le blanc n'est pas une couleur ?
- Pardon ? m'étouffé-je.
- Je t'assure, le blanc est une absence de couleur ! *Google it !* [5] s'exclame-t-il comme s'il avait brandi le totem d'immunité.

Je ne pus m'empêcher d'éclater de rire devant les yeux médusés et pressés de l'agent immobilier. Le pauvre ne pensait sûrement pas que la couleur blanche des murs serait la source d'un débat aussi passionné.

- Permettez-moi de vous rappeler la rareté d'un tel bien sur le marché, dit le commercial aux cheveux gominés. Il est situé dans un quartier très prisé. Vous êtes les premiers à le visiter mais j'ai encore une dizaine de visites planifiées après la vôtre. Il va vite falloir prendre une décision.
- Écoute Matthieu, tu pourras faire ce que tu veux dans ta chambre. Du rouge, du mauve, du multicolore, je m'en fous, mais on ne peut pas laisser cet appart nous filer sous le nez.
- OK, avait-il capitulé en levant les yeux au ciel avant de s'adresser à l'agent immobilier. Montrez-nous les chambres.

Celui-ci s'était alors dirigé d'un pas vif vers un petit

---

[5] Expression, souvent humoristique, qui invite à rechercher une question donnée sur le moteur de recherche Internet, Google.

couloir desservant une salle de bain et deux chambres donnant sur une cour intérieure. L'une était légèrement plus grande que l'autre mais cette fois il n'y eut pas de dispute. Mon choix se porta sur la plus petite, j'étais prêt à faire ce sacrifice, pourvu que Matthieu prenne conscience du bijou que nous avions entre les mains.

- OK, tu as raison, il est pas mal ! avait-il fini par admettre.
- Mais mec, j'ai toujours raison !

Deux semaines plus tard, nous voilà prêts à emménager. L'artiste a fait appel à quelques amis qui ont accepté de sacrifier leur dimanche pour nous donner un coup de main en échange de quelques bières. Ça va, ils ne sont pas durs en affaires.

Je fais donc la connaissance d'Éric, un collègue et ami de Matthieu, plutôt sympa, crâne rasé, tout aussi perché au niveau vestimentaire que L'artiste. Le mec s'est quand même pointé en mocassin et pantalon bleu ciel à ourlet pour un déménagement… L'excentricité est probablement un trait de caractère commun chez les éducateurs spécialisés, qui sait ? Puis il y a Laurent, grand bavard, qui aime surtout parler de lui. On a droit à de longs monologues, inintéressants à souhait. Vraiment, qui a envie de savoir ce que ce grand gaillard a mangé ce matin ? Certainement pas moi. Mais pour ceux que ça intéresse, il s'est empiffré d'œufs brouillés. De vous à moi, j'ai juste envie de lui demander poliment de la fermer mais il faut savoir faire profil bas lorsqu'on a besoin d'un service. J'ai besoin de ses bras, donc c'est moi qui la ferme. Et enfin, il y a Aymen, le timide de la bande. Il ne dit pas grand-chose, mais vu comment il toise Laurent, je pense que nous sommes tous les deux sur la même longueur d'onde.

Quoiqu'il en soit, la petite troupe est efficace. En à peine quatre heures, l'affaire est bouclée. Tous les meubles ont trouvé leur place, il ne reste plus que quelques cartons à déballer. Rien ne manque, si ce n'est que lorsqu'on passe de trente mètres carré à plus du double, les quelques meubles qui semblaient bien trop encombrants dans le précédent appart sont subitement trop peu nombreux.

- Bah ça va, vous ne serez pas trop à l'étroit ! raille Laurent.
- Je compte sur L'artiste pour écumer les pages de La Redoute ! Je sais qu'il adore ça, dis-je en adressant un clin d'œil à l'intéressé.

Il me répond par une grimace.

- On n'a peut-être pas de buffet, cependant on a ça ! lance-t-il en posant avec fracas un pack de bières sur le plan de travail de la cuisine.

Ce geste est accueilli par des cris de satisfaction de la bande de mâles assoiffés par l'effort que nous sommes. Nous trinquons joyeusement à notre nouvelle vie. Je ne pensais pas que le simple fait de déménager provoquerait en moi un tel sentiment de bien-être. Je me sens apaisé. Heureux. Reboosté. Je n'avais jamais ressenti cela depuis mon retour à Paris. Jusqu'à maintenant, c'était plutôt la soupe à la grimace mais ça y est, je reprends ma vie en main. La capitale est à moi !

Le soir même nous sortons fêter cet heureux événement à l'Amazonie, le bar dansant le plus populaire du quartier. Il doit son nom à sa décoration singulière. On se croirait immergés en pleine jungle tropicale. Entre Monsteras géants et fougères, il faut se frayer un passage jusqu'aux tables et tabourets en bois qui meublent l'endroit. On y trouve même des hamacs. La musique brésilienne, qui résonne dans les enceintes habilement dissimulées derrière les plantes, contribue à l'ambiance à la fois festive et feutrée.

En ce samedi soir, le bar est bondé. Des personnes de tout horizon et tout âge fréquentent ce lieu atypique. Certaines préfèrent les débats passionnés sous un palmier Kentia, d'autres se déhanchent sur la large piste de danse bordée de suspensions lumineuses en forme de couronnes de fleurs multicolores. J'ai rarement vu un lieu à la décoration si poussée.

Je décide de payer ma tournée et offre à la petite équipe de déménageurs de quoi se réchauffer la gorge. Il faut dire qu'il y a de quoi faire ici. De nombreuses variétés de rhums, bières, tequilas, et boissons en tout genre sont à la carte. Je me laisse tenter par un mojito pour coller à l'endroit.

Une jolie serveuse à la taille élancée nous ramène nos verres. Je la gratifie de mon plus beau sourire et lui demande son prénom.

- Sarah, me répond-elle en minaudant.
- Joli prénom, princesse Sarah, lui dis-je avec un clin d'œil.

Oui c'est pourri comme tentative d'approche, je l'admets. La princesse est d'ailleurs du même avis puisqu'elle lève les yeux au ciel et s'éloigne sans demander son reste. Matthieu, qui n'a pas perdu une miette de la scène me charrie lourdement. Laurent n'en demandait pas plus, il se moque aussi. Ces railleries n'enlèvent en rien ma bonne humeur. Je lève mon verre. Mes camarades font de même. Nos verres s'entrechoquent joyeusement en laissant échapper quelques gouttes d'alcool.

- Que penses-tu de celles-là ? me demande L'artiste en désignant discrètement un groupe de trois jeunes femmes.
- La brune est plutôt pas mal.
- Je te la laisse, rétorque Matthieu avec une légère grimace, la blonde est trois fois plus canon !
- Si j'étais célibataire, s'immisce alors Éric, je choisirais la brune. Matthieu, tu as du sable dans les yeux !
- Du sable ? s'offusque L'artiste. Tu es au courant que ce n'est pas du tout la bonne expression ?
- C'est celle que m'a apprise ma mère, rétorque Éric en haussant les épaules d'un air désinvolte.
- Bon, les chacals, arrêtez de baver ! C'est l'heure de bouger, lance Laurent en ondulant le bassin.

Tandis que Matthieu, Éric et Laurent se dirigent vers la piste de danse, je passe mon tour et reste en compagnie d'Aymen, l'introverti de la bande. J'ai toujours été un piètre danseur alors je préfère encore tenter de lancer une conversation avec cette carpe. Le thème du sport ne prend pas, Aymen n'en fait pas et ne s'y intéresse pas. Je lui confie que je suis un très bon joueur de saxophone, pas de réaction spéciale. Je tente alors les derniers sujets d'actualité, la carpe lâche quelques phrases, chacune de maximum cinq mots. Je capitule en prétextant un passage aux toilettes.

Sur le chemin du retour, je m'arrête au bar puis rejoins, verre à la main, la bande de danseurs professionnels qui enflamment le dancefloor au milieu des bananiers. À mesure que l'alcool se répand dans mon sang, mon corps se détend et se laisse porter par la musique. Mes mouvements sont loin d'être fluides mais tant pis, je me sens léger. C'est un comble pour un musicien de ne pas savoir danser. Mon père a bien tenté de me montrer quelques mouvements lorsque j'étais jeune mais c'était peine perdue, lui-même a deux pieds gauches. Pour me donner du courage et faire durer ce sentiment de liberté, j'enchaîne les verres. Sans m'en rendre compte. Ou plutôt sans vouloir m'en rendre compte.

La jolie brune, que j'avais repéré plus tôt dans la soirée, danse avec ses copines non loin de moi. Ses longs cheveux se balancent de gauche à droite, en cadence. Je lui souris. Elle fait de même. Elle se rapproche et me chuchote quelque chose à l'oreille que je n'entends pas à cause du volume de la musique. Je ne cherche pas à comprendre, je ne suis pas là pour discuter. La brune se colle maintenant à moi et pose sa tête sur ma poitrine. Au même moment, L'artiste me fait signe à distance pour me faire savoir qu'il rentre à l'appartement. Je lui demande de ne pas m'attendre, la soirée s'annonce prometteuse.

5. CONJURER LE SORT

Je sens mon cœur battre au niveau de mes tempes. Est-ce normal de tanguer alors que je suis couché ? Je ne pense pas. J'ai sûrement bu un, ou peut-être trois, verres de trop hier soir. Note à moi-même : prendre au sérieux ma résolution d'arrêter l'alcool.

Nu comme un vers, j'écarte les bras et les jambes pour retrouver mon équilibre, telle une étoile de mer au fond de l'océan. C'est là que j'entends un rire de femme, étrangement proche de moi. Par réflexe je referme les jambes et je rabats rapidement la couette sur ma nudité. J'ouvre un œil en espérant sincèrement que ce rire provient de mon imagination.

- Bonjour, me dit la voix d'un ton mielleux.

J'aperçois une jeune femme aux cheveux bruns, seins nus, en train d'enfiler un pantalon puis un pull. Où suis-je ? Je regarde autour de moi. Dans un coin de la pièce se trouve un banc de musculation tandis que des gants de boxe rouges sont accrochés au mur qui me fait face. Pas de doute, je suis bien dans ma chambre.

- Tu as bien dormi ? Je ne voulais pas te réveiller, continue la voix d'une douceur étonnante.

Je décerne un léger accent. Espagnol ? L'inconnue se rapproche du lit. Elle se penche vers moi et m'embrasse langoureusement. Ce n'est pas désagréable mais qui est-elle ? Je n'ai pas le souvenir d'être rentré avec qui que ce soit hier soir.

- Bien et toi ? articulé-je pour faire bonne figure.
- Très bien, dit-elle avec un large sourire en ramassant un sac posé sur le sol. Je ne voulais pas me sauver mais je dois partir au boulot.

Je remercie ma bonne étoile car grâce à elle je ne vais pas avoir à jouer au détective ce matin. Madame X est mignonne mais si mon cerveau a décidé d'effacer de ma mémoire cette nuit, il doit y avoir une bonne raison.

- Je t'ai noté mon numéro ici, poursuit-elle de sa voix de velours en désignant le miroir de ma grande armoire.

En effet, elle a cru bon de me noter cette information au rouge à lèvres sur mon miroir tout propre. Je pense à la galère que ce sera pour nettoyer tout ça. Madame X ouvre la porte de la chambre en m'adressant un petit salut avant de s'éclipser. Je lâche alors un long soupir de soulagement.

La porte s'ouvre de nouveau.

- Au fait Gabriel, moi c'est Loma, si jamais tu te poses la question.

Madame X, ou plutôt Loma, m'adresse un clin d'œil et ferme doucement la porte. Cette fois je retiens ma respiration, au cas où elle déciderait de repasser une tête. Au bout d'une minute, je reprends enfin mon souffle et essaie de remettre de l'ordre dans mes souvenirs.

Hier soir, Matthieu et moi sommes sortis avec sa bande d'amis. Après le déménagement nous avons atterri dans un bar du côté de Pigalle. La musique battait son plein, les gars enchaînaient les verres, je me suis laissé gagner par l'ambiance et moi aussi j'en ai enchaîné. Je ne sais quand ni comment, nous nous sommes retrouvés sur la piste de danse. Moi, le piètre danseur, je me débattais en essayant de caler mes mouvements sur le son de la musique. C'est alors qu'une brune aux longs cheveux – Loma ? – s'est approchée de moi. Elle a murmuré quelque chose à mon oreille puis *blackout*[6] complet. Mes souvenirs s'arrêtent là.

Je m'assieds sur le bord du lit en frottant mes yeux. Ma tête est sur le point d'exploser. Il me faut un café. La porte de ma chambre s'ouvre à nouveau, avec fracas cette fois.

- C'est qui la bombe qui vient de quitter l'appart ? me demande Matthieu les yeux écarquillés.
- Mec, combien de fois dois-je te demander de frapper avant de rentrer dans ma chambre ?

Je me lève et enfile un caleçon.

- Un peu de pudeur quand même ! riposte L'artiste en détournant le regard.
- Si tu avais frappé tu n'aurais pas eu droit à ce beau spectacle.
- Alors ? me demande-t-il tandis que je fouille dans l'un des cartons qui traînent au pied du lit, à la recherche d'un short et d'un tee-shirt propres.

---

[6] Trou noir

- Alors quoi ?
- Le canon ? C'est qui ?
- Une certaine Loma.
- Loma ? Elle s'appelle vraiment Loma ?
- Si je te le dis, dis-je avec lassitude en enfilant mes habits.
- Tu es sûr que ce n'est pas Lo-la ?
- Bouge, lui ordonné-je en le poussant gentiment sur le côté.

Je sors de la chambre et me dirige vers la cuisine. L'odeur réconfortante du café chatouille mes narines. Je me sens déjà mieux. J'attrape une tasse et la remplie à ras bord. J'y trempe mes lèvres et me délecte les yeux fermés de cette chaleur qui réchauffe d'abord ma langue avant de se propager dans ma gorge.

- Je n'ai aucun souvenir de la soirée d'hier, dis-je en direction de L'artiste.
- Pas même de Loma ?

Je secoue la tête tout en engloutissant une tartine de Nutella.

- Je crois que je l'ai rencontrée au bar. Tu nous as vu rentrer ensemble ?
- Non, je suis parti bien avant toi mais en effet, maintenant que tu le mentionnes, elle était bien présente à la soirée.

Je me ressers une deuxième tasse de café accompagnée cette fois d'un Doliprane et d'une deuxième tartine de Nutella.

- Nutella, doliprane, café ? Je ne sais pas comment tu peux t'infliger ça.
- C'est le remède anti-cuite. Tu ajoutes à cela, un bon litre d'eau et tout rentre dans l'ordre.

L'artiste n'a pas l'air convaincu. Il m'abandonne lâchement et part au boulot. Quant à moi, je file à la douche. Deux heures plus tard, je suis assis au bureau face à mon écran d'ordinateur, comme si de rien n'était.

Je fais bonne figure mais en réalité je suis épuisé. Ma collègue, Martine, m'apporte une tasse de café avec un sourire de compassion. Elle a, sans nul doute, remarqué ma tête de déterré. Je la remercie en lui glissant au passage un compliment sur sa coiffure. Je sais que la quinquagénaire ne se prive pas de raconter à qui veut bien l'entendre qu'elle tenterait bien sa chance si elle avait mon âge et sa beauté d'antan. Alors je la flatte. Beaucoup. Un peu trop. Ça m'amuse de la voir rougir comme une pivoine à chaque compliment.

Martine est une femme d'une extrême gentillesse qui manque malheureusement de confiance en elle. Depuis son divorce, son regard dégage une mélancolie qui ne trompe pas, malgré ses sourires de façade. Je veux qu'elle reprenne de l'assurance. Elle est belle, ce n'est pas quelques années en plus et une séparation qui changeront cela.

C'est une femme au grand cœur pour qui j'ai beaucoup d'affection et d'admiration. Je me confie souvent à elle. Elle m'écoute sans me juger, sauf lorsque je bois trop, elle me sermonne sans ménagement. Quant à moi, j'écoute ses conseils avec attention. Elle est pour moi la voix de la sagesse. Ce n'est pas simplement une collègue, avec le temps elle est devenue une véritable amie et aujourd'hui, mon amie s'inquiète de voir ma consommation d'alcool augmenter. Je lui promets de me calmer.

Ce n'est pas une promesse en l'air. Je ne bois jamais seul. En revanche, en multipliant les sorties je réalise maintenant que l'alcool fait désormais partie de mon quotidien. Cela fait trop longtemps que je me voile la face, il est temps d'admettre que je dois arrêter, au moins par considération pour mon foie.

Lorsque la journée se termine enfin, je n'ai qu'une idée en tête, rentrer et m'allonger jusqu'au lendemain. Mais avant de pouvoir réaliser ce doux rêve, je dois d'abord affronter les quarante minutes de transports qui séparent mon bureau de mon appart. Je prends la direction du métro tel un zombi avançant sans conscience, casque vissé sur les oreilles, musique à fond. Les stations défilent les unes après les autres sans que je ne les voient réellement.

Une fois arrivé à destination, je fonce dans ma chambre et me laisse tomber lourdement sur le lit, à plat ventre. J'ai cru que ce moment n'arriverait jamais. Je n'ai plus de force. Malgré tout, je prends mon courage à deux mains et me retourne sur le côté pour trouver une position plus confortable. C'est là que je le vois. Ce numéro rouge, inscrit en gros sur mon miroir. J'avais complètement oublié cet épisode matinal.

Mon cœur balance entre agacement et admiration. Agacement, car le nettoyage de ce rouge à lèvres risque de me donner du fil à retordre. Admiration, car je dois avouer que la petite Loma n'a pas froid aux yeux. En y repensant, cela ne me dérangerait pas qu'elle vienne pimenter un peu ma vie. Elle est mignonne et plutôt bien roulée.

Le visage de Milla s'invite alors dans mes pensées, comme à chaque fois que j'envisage une relation avec une femme, même légère. Elle me hante depuis le jour où je l'ai rencontrée dans l'avion alors qu'elle fuyait Paris telle une évadée de prison. Elle ne me connaissait pas, pourtant elle s'était montrée vulnérable et m'avait confié ses peurs les plus secrètes.

Milla m'avait parlé de la solitude qu'elle ressentait, de sa détresse, de son envie de fuir loin de tout. Ses confidences avaient résonné en moi d'une manière inhabituelle. Alors que je ne la connaissais pas, cette femme me touchait au plus profond de mon être sans que je ne sache expliquer pourquoi. Sa sincérité, sa fragilité, me captivaient. Sa beauté m'envoutait. J'avais envie de la connaître, de tout savoir d'elle, de la consoler, de la rassurer, de l'aider à se relever.

Pour la première fois de ma vie, je ne me posais pas de questions, je n'étais pas paralysé, je voulais simplement vivre notre histoire sans penser à ce qu'elle deviendrait par la suite, sans avoir peur. Pour la première fois de ma vie, j'ai eu envie de m'engager. Je pensais pouvoir la convaincre de me rejoindre à Singapour. Ce fut ma plus grosse désillusion.

Par la suite, je n'ai cessé de penser à elle. Malgré la distance, malgré son silence. Elle me hante davantage depuis que je l'ai vue chez Mathilde il y a quasiment deux mois. J'ai longtemps espéré qu'elle me contacte, qu'elle me donne des nouvelles, juste un SMS… Mais rien. Malgré sa promesse. Alors je n'ai pas cherché à en avoir.

Milla est la seule femme pour qui j'ai eu de réels sentiments, sincères, désintéressés, purs. Ce fut extrêmement rapide. Peut-on parler d'un coup de foudre ? Je ne sais pas. Je sais simplement qu'aucune femme ne m'a jamais fait ressentir toutes ces choses.

Aussi étrange que cela puisse paraître, je ne lui en veux pas de ne pas avoir voulu de moi. Je ne ressens aucune amertume envers elle. Je crois qu'il y a des amours qui sont faits pour être fantasmés. Des amours voués à l'échec qui ne peuvent se vivre que dans l'imaginaire.

Croyez-vous qu'elle m'a ensorcelé ? Non ? Alors comment expliquer que je ne passe pas une journée sans penser à elle ? Pas une journée, sans que je ne songe à son sourire, ses tâches de rousseur, ses yeux en forme d'amandes, sa délicate odeur vanillée, ses cheveux senteur coco, ses lèvres douces comme de la soie, sa peau ambrée. Pas une journée sans que je ne l'imagine allongée à mes côtés, que je ne l'entende me raconter ses doutes, que je ne me voie la serrer contre moi. Pas une journée sans que je ne me remémore ses mimiques, sans que je ne ressasse ces moments de bonheur, brefs mais intenses, que nous avons partagés.

Je me relève d'un coup. Ça suffit ! Il faut conjurer le sort. J'attrape mon téléphone, enregistre le numéro de Loma et lui envoie aussitôt :

« Salut ! C'est Gabriel. Je crois que j'ai été un goujat ce matin alors j'aimerais te proposer un diner pour me rattraper. Partante ? »

Elle me répond dans la minute :

« Demain 19h, au restaurant Soon dans le 8e ? »

Je pensais être maître de la situation mais Madame X a visiblement un coup d'avance. Elle fait de moi sa marionnette. Poussé par mon égo piqué au vif, je suis à deux doigts de laisser ce message, un peu trop directif à mon goût, sans réponse.

À nouveau, le visage de Milla se dessine dans ma tête. Il affiche un sourire de satisfaction.

Je reprends mon téléphone et tape :

« OK pour ta proposition, mais à 20h. »

Traduction : nous sommes à égalité dans ce jeu ma petite Loma. Je veux bien te laisser croire que tu décides, mais en réalité c'est moi qui mène la danse. Sa réponse ne tarde pas :

« Je m'occupe de la réservation. »

Ma parole, qui est cette femme ? Pourquoi est-elle si… Autoritaire ? Castratrice ? Il y a quelque chose en elle qui m'intrigue et m'invite à ne pas la cataloguer tout de suite. Elle dégage à la fois de la fermeté et de la douceur, à l'image de sa voix cristalline hors du commun. Le diner de demain promet d'être intéressant. Loma a attisé ma curiosité mais je garde mon objectif en tête : oublier Milla une bonne fois pour toute.

Je vous vois venir avec vos jugements. Je ne vais pas me servir de Loma pour noyer ma peine, non, je vais faire sa connaissance en espérant que sa personnalité soit suffisamment lumineuse pour éloigner la noirceur de mon cœur. Me voilà devenu poète ! Pour conclure, je fais partie de ceux qui pensent qu'il ne faut pas attendre d'avoir complètement fait le deuil d'une précédente relation pour rencontrer de nouvelles personnes. Depuis quand se morfondre seul dans son lit est la solution au chagrin d'amour ? La vie est bien trop courte !

Quoi qu'il en soit, Loma me semble être une femme intelligente, sûre d'elle, loin d'être dupe. Pourquoi accepterait-elle aussi facilement de dîner avec un homme amnésique qui ne se souvient ni de son prénom ni de la nuit passée ensemble ? Elle doit forcément y trouver son compte. Et moi, je compte bien le découvrir.

6. SE METTRE À NU

Il est 20h pile lorsque j'arrive au restaurant Soon. La serveuse m'installe à une petite table dans un coin de la salle. C'est un charmant restaurant coréen, étriqué mais authentique. Je jette un œil aux plats des clients déjà installés, tout à l'air délicieux. J'en ai l'eau à la bouche. Je jette un œil à ma montre. 20h04. Toujours pas de nouvelle de Loma. Je décide de patienter encore un peu. Vu le personnage, cela ne m'étonnerait pas que ce retard silencieux soit calculé. J'en profite pour regarder la carte et opte pour un thé glacé. Pas d'alcool pour moi ce soir.

20h12. Toujours rien. Je suis légèrement agacé mais ma fierté m'empêche de lui envoyer un message pour vérifier que tout va bien. Bien sûr que tout va bien, elle se fait désirer. Un doute soudain m'envahit. Et si elle me posait un lapin ? Ce serait bien mérité, n'est-ce pas ? J'imagine Madame X se réjouissant dans son canapé pendant que je suis assis au restaurant en train de l'attendre. Ce scénario devient d'un coup tout à fait probable et je n'ai rien vu venir. Oh la g…

- Coucou, me salue une voix mielleuse, si singulière.

Je lève les yeux, Madame X se tient devant moi. J'étais tellement absorbé par mon scénario catastrophe que je ne l'ai pas vue entrer.

- Désolée pour le retard, il y avait un problème sur la ligne 13. Je n'ai pas pu te prévenir car je n'ai plus de batterie, dit-elle en me montrant l'écran noir de son téléphone.

Je me sens con. Très con. La colère que je sentais monter en moi s'apaise instantanément. Je me lève et lui fais la bise.

- Pas de souci. Je ne suis pas là depuis très longtemps.

Et hop, un petit mensonge pour garder la face.

- Alors, remis de ta gueule de bois ? demande-t-elle en s'asseyant en face de moi.
- À ce sujet, je te présente mes excuses. Je n'étais vraiment pas dans mon assiette et j'ai…
- Tout oublié ! me coupe-t-elle avec un large sourire.
- C'est la première fois que ça m'arrive, avoué-je honteusement.
- Mais du coup tu ne te souviens pas du tatouage ?
- Quel tatouage ?
- Celui qu'on s'est fait faire.

Je la regarde, dubitatif. Ce n'est pas à un vieux singe qu'on apprend à faire la grimace.

- Bien tenté, mais jusqu'à preuve du contraire un tatouage c'est douloureux pendant plusieurs jours. Cela t'étonnera peut-être, mais je me sens parfaitement bien, pas la moindre petite douleur, nulle part !

Elle ne cache pas sa déception avec une petite moue mignonne. La serveuse, une petite femme maigrichonne aux cheveux grisonnants, vient prendre notre commande. Loma, qui a à peine regardé la carte, me propose de partager un barbecue coréen composé de poitrine de porc épicée, de riz et de légumes marinés. Je comprends qu'elle a ses habitudes ici, je lui fais donc confiance.

- Tu ne te souviens vraiment de rien ? reprend-elle une fois la serveuse partie.
- On a…
- Pas couché ensemble, non.

J'apprécierais qu'elle me laisse terminer mes phrases mais je suis soulagé. Il y a des choses que je préfère faire en pleine conscience.

En revanche, un détail me turlupine.

- Pourquoi étions-nous nus alors ?

Loma sourit mystérieusement. Elle se penche vers moi comme si elle voulait me confier un secret.

- Nous avons médité, dit-elle en chuchotant.

La curiosité que cette fille suscitait en moi est en train de fondre comme neige au soleil. Comment ça nous avons médité ? Nus ? En pleine nuit après une soirée arrosée ? Elle n'est rien de plus qu'une cinglée qui me fait perdre mon temps.

- C'est encore une de tes blagues pourries ? demandé-je d'un ton cassant. Tu devrais arrêter l'humour.
- Je t'assure que c'est vrai, se défend-elle.
- Écoute, je vais y aller, dis-je en me levant et en faisant tomber au passage mes baguettes sur le sol.

Je me baisse pour les ramasser et croise le regard empreint de jugement de la grand-mère assise sur la table voisine. De quoi je me mêle mamie ? Alors que je m'apprête à laisser des billets sur la table pour payer l'addition, notamment de mon plat que je n'aurai pas le plaisir de goûter, Loma abat sa dernière carte :

- Tu m'as parlé de Milla.

Je me fige instantanément. Il n'y a aucun doute, cette fois ce n'est pas une plaisanterie. Elle n'a pas pu deviner ce prénom. Elle me fait signe de me rasseoir, ce que je fais sans broncher. Mamie tend l'oreille, elle semble bien plus attentive à ce que Loma s'apprête à me dire qu'à ce que sa petite fille lui raconte. Cette dernière lui fait d'ailleurs de gros yeux, l'invitant à être plus discrète.

- Loma, il va falloir que tu me racontes ce qu'il s'est passé entre nous. Sans plaisanterie.
- OK.

La serveuse nous interrompt et pose nos plats devant nous, avec des baguettes de remplacement pour moi. Je regarde les fines lamelles de porc crépiter doucement sur la pierre chaude, cela sent divinement bon, mais je n'ai plus faim.

- Par où commencer ? me demande Loma en avalant une bouchée de riz.

Son calme et son détachement tranchent avec le tsunami qu'elle a déclenché en moi. Qu'ai-je bien pu lui dire ? Pourquoi lui ai-je parlé de Milla ? J'inspire discrètement pour garder mon calme tandis que Madame X mange son plat comme si de rien n'était.

- Notre rencontre.

Loma avale une nouvelle bouchée de riz puis s'essuie délicatement la bouche avec sa serviette de table avant de poser ses couverts. Elle boit une gorgée d'eau et se lance.

- Nous nous sommes rencontrés à l'Amazonie.

J'y étais avec deux copines, toi avec tes amis. Je t'ai repéré dès ton arrivée mais je ne savais pas comment attirer ton attention. Tes amis ont réussi à t'entraîner sur la piste de danse malgré tes protestations. Tu te dandinais difficilement, c'était assez drôle à regarder. J'en ai profité pour me rapprocher de toi, tu m'as souri, alors je me suis sentie pousser des ailes. Je t'ai avoué à l'oreille que tu me plaisais, tu m'as serré contre toi et nous avons dansé.

Loma s'arrête et engloutit quelques lamelles de porc et d'oignons grillés. Jusqu'ici son récit est cohérent avec mes souvenirs mais ça n'explique toujours pas comment nous avons atterri chez moi.

- Tu ne manges pas ? C'est vraiment délicieux, dit-elle en s'essuyant une nouvelle fois la bouche avec sa serviette en papier.
- Je préfère attendre la fin de l'histoire.
- Pourtant l'un empêche pas l'autre. Allez, goûte !

Face à son insistance, j'attrape quelques lamelles de viande grillée avec mes baguettes sans grande conviction. À ma grande surprise, c'est une véritable explosion de saveurs en bouche. J'aurais été bête de rater ça.

- Tu as raison, c'est excellent !
- Je sais ! dit-elle avec un sourire victorieux.
- Bon, revenons à nos moutons, raconte-moi la suite.

Loma porte un verre d'eau à sa bouche avant de reprendre son récit tandis que je dévore mon plat.

- Tu m'as proposé de prendre un dernier verre chez toi et j'ai accepté. Je sentais bien que tu avais beaucoup bu mais je me disais que ça irait.

- Non sérieusement Loma, dis-je en reposant mes baguettes, tu rentres souvent avec des inconnus bourrés ? Parce que si c'est le cas, il va falloir que tu fasses attention, tu sais qu'il y a plein de détraqués…
- Merci monsieur le moralisateur, me coupe-t-elle net, je pensais vivre dans le monde des bisounours, heureusement que tu es là pour m'ouvrir les yeux !

Je crois que si nous n'étions pas en public, elle m'étriperait.

- Pardon, tu as raison, ma remarque était complètement déplacée.

Loma me toise puis se lève pour se rendre aux toilettes. Mamie, qui n'a pas raté une miette de notre conversation, me regarde d'un air désapprobateur.

- Bon ça va, lui lancé-je, vous n'allez pas me faire croire que son comportement est normal !

Choquée d'être prise en flagrant délit d'indiscrétion, elle devient écarlate et fait mine de ne pas m'entendre. Curieuse mais par courageuse visiblement. Sa petite-fille lui fait un signe de la tête, les deux se lèvent et partent régler l'addition au comptoir. Nous allons enfin avoir un peu d'intimité.

De retour à notre table, Loma me fait face en silence. Je prends le temps de la regarder. Je n'avais pas remarqué son visage « parfait », sans défaut, aucune ridule ni asymétrie. Parfaitement lisse, harmonieux, telle une délicate porcelaine.

Un léger tressaillement au coin droit de ses lèvres trahit son mécontentement.

- Je suis vraiment désolé Loma, je ne voulais pas te blesser ni te faire la morale.

Elle balaie mes excuses d'un geste de la main.

- Il va falloir arrêter de t'excuser au bout d'un moment.

Madame X a décidé de sortir les griffes, pourtant je n'arrive pas à la prendre au sérieux. Comment pourrais-je avec ce visage de poupée et cette voix céleste ? Je réprime mon envie de rire car au moindre faux pas supplémentaire, je sais que je ne connaîtrai jamais le fin mot de l'histoire.

- Je vais répondre à tes questions, reprend-elle, puis nous reprendrons nos vies chacun de notre côté. OK ?

Je hoche la tête en me mordant la lèvre inférieure pour réprimer un rire.

- Lorsque nous sommes arrivés chez toi, nous nous sommes embrassés, tu m'as emmené dans ta chambre, nous nous sommes déshabillés, tout se passait bien jusqu'à ce que tu m'appelles Milla.

Je n'ai plus envie de rire. Je l'écoute attentivement.

- Au début, je pensais avoir mal entendu mais tu l'as répété à plusieurs reprises. Je te l'ai fait remarquer et tu as fondu en larmes.
- Quoi ? m'étonné-je en fronçant les sourcils.

Vous pensez que c'est encore une de ses blagues ? Moi, Gabriel Delaunay, j'ai fondu en larmes après l'avoir appelé Milla par mégarde ? Je décide de l'écouter même si je n'y crois pas une seule seconde.

- Tu m'as raconté que c'est la seule femme qui a réussi à te toucher, que tu regrettais qu'elle n'ait pas voulu vous donner une chance et qu'elle est la raison pour laquelle tu es rentré en France.
- J'ai vraiment dit tout ça ? dis-je en haussant un

sourcil.

- Je n'ai pas inventé, répond Loma d'un ton sec.

Je me tais. Bien sûr, je ne découvre rien de ce qu'elle me dit, je suis parfaitement conscient que Milla a eu l'effet d'un raz-de-marée dans mon cœur de pierre, mais de là à le verbaliser à ce moment précis, c'est étonnant.

- J'ai remarqué que tu avais des bâtons d'encens posés sur ta table de chevet, reprend Loma. Tu m'as confié que tu méditais de temps en temps. Je suis moi-même quelqu'un de très spirituelle. Instinctivement, j'ai étendu ta couette sur le sol, nous nous sommes assis face à face et nous avons médité ensemble, mains dans les mains. C'était un joli moment, très fort. J'ai senti ta détresse psychologique se calmer petit à petit.

Détresse psychologique ? Carrément… Elle exagère à peine la petite Loma.

- Puis tu t'es allongé sur le lit et tu m'as invité à rester. Je me suis couchée contre toi et nous nous sommes endormis. Toi le premier, moi ensuite.

Je suis scotché par ce que je viens d'entendre. Étonnement, même si je pense que certains détails sont largement amplifiés, toutes les pièces du puzzle s'emboitent parfaitement.

- Voilà tu sais tout maintenant, dit Loma en se levant d'un coup. Je vais régler ma part.

J'attrape sa main pour la retenir.

- Reste.

Elle essaie de se libérer.

- S'il te plaît Loma, reste.

7. LAISSER LES ETOILES S'ALIGNER

Pour me faire pardonner mon impolitesse, j'ai invité Loma pour une soirée qui s'annonce mémorable. Je me suis creusé les méninges afin de trouver une activité qui soit à la hauteur de son côté barjot et de mon goût pour la fête.

Il est 20h30 lorsque nous nous rejoignons dans le quartier Saint-Michel. Elle ne sait pas du tout quel est le programme, c'est une surprise. Quelques minutes de marche plus tard, nous entrons dans un bar à l'apparence tout à fait classique. Loma me dit qu'elle préfère s'installer à l'extérieur mais je la tiens par la main et me dirige à l'intérieur. Je traverse l'établissement sous ses interrogations jusqu'à une porte verrouillée par un digicode. Je tape sur le clavier « 3454A » et entends aussitôt un léger claquement m'indiquant que la porte est ouverte. Je la pousse. Nous nous retrouvons alors dans une seconde pièce, plus petite, plongée dans le noir, faiblement éclairée par des LED colorées de tous types : des rubans, des bougies ou encore des petits projecteurs. Cela électrise la pièce qui semble s'animer au rythme de la musique et des basses. Plusieurs chevalets sont disposés en ligne le long des murs. Sur chacun d'entre eux se trouve une toile noire mais vierge, des pinceaux et de la peinture phosphorescente.

- Mais il est génial cet endroit ! s'extasie Loma, bouche bée.
- J'étais sûr que ça te plairait.

La salle se remplit petit à petit. L'animatrice de la soirée prend alors la parole et explique le principe à la vingtaine de personnes présentes. Pour résumer, nous avons le droit de peindre tout ce que l'on souhaite, le tout en buvant des cocktails, en dansant et en socialisant. Un savoureux mélange d'alcool, de danse et de bonne humeur. Tout ce que j'aime.

Je pars directement au bar commander deux verres de vin blanc, j'en tends un à Loma qui ne s'est pas faite prier pour commencer son œuvre artistique. Bon, pour l'instant je ne saurais dire ce qu'elle tente de peindre mais les couleurs choisies ont le mérite d'être harmonieuses.

J'attrape à mon tour un pinceau et attaque mon chef-d'œuvre. Nul besoin de faire semblant, je suis un très mauvais dessinateur, ce sera un tableau abstrait. Je barbouille ma toile de bleu fluorescent, d'orange et de violet, tentant tant bien que mal de créer quelque chose de beau.

Loma et moi rions de bon cœur en regardant nos peintures respectives. Nous sommes tous les deux vraiment nuls, mais qu'importe. La créativité n'a jamais été synonyme de beauté.

Entre pinceaux, boissons, tapas et danse, nous papotons. Je suis content d'avoir opté pour cette activité. Loma est une fille amusante, un peu mystique, sensible aux énergies et qui croit dur comme fer au destin. Elle m'explique ne pas rechercher la richesse mais aspire à vivre de la manière la plus accomplie possible. En toute sérénité, dans la joie et la paix intérieure. Elle est simple, franche et joviale. Je passe un super moment.

Nous faisons la connaissance d'un groupe de collègues et nous nous greffons rapidement à leur troupe. Loma est aussi sociable que moi. Elle bavarde volontiers avec ces inconnus et raconte des anecdotes toutes plus drôles les unes que les autres, comme la fois où elle s'est retrouvée coincée seule dans un ascenseur en pleine nuit. Quiconque aurait raconté la même histoire ne l'aurait pas rendue si intéressante. Mais avec Loma, les gestes fusent, les onomatopées pleuvent, tout est exagéré au point de faire pleurer de rire son auditoire.

Après avoir amusé la galerie, elle vient se blottir dans mes bras, le plus naturellement du monde.

- Ça fait longtemps que vous êtes ensemble ? nous demande-t-on.

Loma se tourne vers moi avec son visage de poupée, marque un temps d'arrêt d'à peine une seconde et me colle un smack sur la bouche.

- C'est notre troisième *date*[7], répond-elle ensuite en me tenant toujours par la taille.

De nouveau, madame me mène par le bout du nez et je me laisse faire. Ça devient une habitude. C'est nouveau pour moi, alors je suis le mouvement et je vois où ça me mène.

Trois heures plus tard, ce sont deux artistes

---

[7] Rendez-vous galant.

déchus, mais heureux, qui quittent le bar, bras dessus, bras dessous avec nos toiles dans les mains.

- Merci pour cette soirée, me dit Loma. Ça fait longtemps que je ne m'étais pas autant amusée.
- Avec plaisir, j'espère que tu as maintenant une meilleure image de moi.
- Ah, c'était donc ça ton but ? Redorer ton image ?
- Ça, et qu'on passe un bon moment aussi.
- Tu veux prendre un dernier verre ?
- Pourquoi pas ?

Nous nous arrêtons dans le premier bar trouvé et prenons une table en terrasse. Loma ne s'assied pas en face de moi, elle s'installe à mes côtés. Ses cheveux, doux comme un nuage, frôlent mon bras et me font frissonner.

Nous commandons une assiette de frites et deux Cocas. Nous parlons sans jamais nous arrêter. La conversation est au départ légère puis beaucoup plus profonde. Nous discutons du sens de la vie, des rencontres et des choix que nous sommes tous amenés à faire, de notre définition du bonheur. La sienne est intéressante. Loma pense que le bonheur n'est pas une destination finale. Elle est convaincue que nos vies sont comparables à des chemins. Lorsqu'ils sont bien entretenus ou que l'on est bien équipé, la traversée est alors plus douce et sereine. Elle reconnait tout de même qu'aucun chemin n'est sans défaut, que c'est à nous de contrôler notre trajectoire pour éviter les nids-de-poule.

Je comprends son point de vue, en revanche sa théorie n'explique pas comment surmonter ces routes abimées ni comment faire en sorte de choisir la bonne. Cela me semble un peu simpliste et utopique.

La vie est bien plus compliquée.

Nous débattons ainsi pendant longtemps en picorant des frites badigeonnées de mayonnaise, à 23h, dans un bar du 6ème arrondissement.

- Tu veux savoir ce que je pense de toi ? me demande soudainement Loma de sa voix angélique.

Cette fille me tuera par son impertinence.

- Non, mais je sens que tu as envie de me le dire.
- Je pense que tu es un gentil garçon.
- « Gentil garçon » c'est bien la première fois qu'on utilise ces mots pour me définir. C'est limite vexant.

Elle prend ma main droite entre ses deux paumes et la masse doucement. Ses gestes sont d'une telle délicatesse que je pourrais rester là éternellement.

- Je pense aussi que ça pourrait tout à fait coller entre nous, poursuit-elle.

J'acquiesce en silence. C'est vrai, ça pourrait coller. Vous m'auriez posé la question avant cette soirée, j'aurais eu de sérieux doutes. Lors de notre précédent rendez-vous, Loma me paraissait beaucoup trop fantasque, mais la personne que j'ai découverte ce soir me plaît. Elle est différente des femmes que je fréquente d'habitude. Elle est intelligente, surprenante, entreprenante, sûre d'elle, indépendante…

Même si je pense que cela peut en effet fonctionner entre nous, est-ce que cela peut durer ? Est-ce que je ne fuirai pas au premier défaut que je lui trouverai ? Est-ce que dans quinze jours, je ne me lasserai pas ? Et dans un mois ? Deux mois ? Est-ce que je l'appellerai à nouveau Milla par mégarde ? Que de questions sans réponse que je chasse de mon esprit.

- Tu veux qu'on essaie ? lui demandé-je.

Elle me répond d'un signe négatif de la tête. Je ne comprends pas.

- Pourquoi ?
- Tu n'es pas prêt.

J'étais loin de m'attendre à cette chute.

- Je ne suis pas prêt ? C'est ta boule de cristal qui te l'a dit ?
- Tu sais que j'ai raison. Il faut être disponible émotionnellement pour gérer un diamant brut comme moi.

Je ris de bon cœur.

- Alors ça je te l'accorde, dis-je en la regardant dans les yeux. Tu es un véritable joyaux, d'une pureté incroyable.

Loma pose sa tête sur mon épaule.

- Donc si je comprends bien, après avoir passé une super soirée, m'avoir embrassé et pendant que tu me masses la main, tu m'expliques gentiment qu'il n'y aura pas plus entre nous deux ?
- Parce que tu n'es pas prêt.

Je ne la contredis pas, Loma est d'une perspicacité incroyable.

- Je suis certaine que les étoiles s'aligneront et que nous deux, on finira ensemble. La question est plutôt : quand ?

Cette remarque me laisse pensif. Pourrais-je un jour m'investir dans une relation sérieuse ? Je n'en sais rien et honnêtement j'en doute fortement. Pour qu'une femme réussisse à s'installer dans mon cœur, il lui faudra bien du courage.

- Tu veux savoir ce que je pense de toi, moi ? lui

demandé-je à mon tour.

- Que je suis folle ?
- Tout à fait ! Tu es folle ma pauvre petite !

8. ALLER VOIR UN PSY

Aujourd'hui je me rends au musée avec Loma. Elle n'a pas arrêté de me parler de cette exposition temporaire qui met en lumière le travail d'une photographe activiste sud-africaine. Celle-ci dénonce les discriminations fondées sur l'orientation sexuelle. Les critiques sont unanimes, son travail est exceptionnel. J'ai hâte de le découvrir.

Nous avons rendez-vous à 15h mais je commence à connaître Loma. En trois mois d'amitié, elle n'a jamais été ne serait-ce qu'une seule fois à l'heure. Je m'autorise donc un retard d'une dizaine de minutes. Malgré cela, j'y suis avant elle, sans surprise.

Je la maudis intérieurement en faisant les cent pas dans le hall d'entrée. Pourtant, dès que j'aperçois sa petite bouille souriante, mon énervement s'évapore.

- Je te jure que j'étais à l'heure mais…
- Je ne veux même pas savoir ! la coupé-je net.

Je feins la colère car Loma est la championne des excuses tordues. Elle a toujours une bonne raison, souvent rocambolesque, pour expliquer ses retards.

- Regarde ce que je t'ai amené, dit-elle en sortant de son sac un emballage rouge.
- Tu crois que tu vas m'acheter avec du chocolat ?
- Ce sont tes préférés !

J'essaie de garder une mine sérieuse et passablement irritée mais comment résister à ces petits yeux de chatons et à ce chocolat qui me fait de l'œil ?

- Vas-y, donne !

J'ouvre l'emballage et savoure la friandise tandis que Loma affiche un grand sourire. Elle a gagné. Une fois de plus. Elle tourne les talons et se dirige d'un pas vif vers le guichet où nous achetons nos billets d'entrée.

L'exposition a lieu dans une vaste pièce où les éclairages mettent en valeur les photos en noir et blanc de l'artiste. Des portraits côtoient des clichés de corps. Tantôt seuls, tantôt imbriqués. J'arpente la galerie d'un pas lent et aléatoire. Loma fait de même. Ses longs cheveux noirs ondulent autour de sa taille au rythme de ses pas. Nous évoluons dans cette grande pièce les yeux rivés sur les différentes œuvres, toutes aussi captivantes les unes que les autres, jusqu'à ce que l'une d'entre elle m'interpelle un peu plus que les autres.

Je m'arrête devant le portrait immense d'une femme aux nombreuses rides. Chacune de ces petites fissures semble témoigner d'expériences de vie douloureuses. On y décèle de la souffrance, de la peine, de l'impuissance… Ses yeux sont empreints de larmes, pourtant aucune d'elles ne coule. Elles semblent solidement accrochées à leurs hôtes, juste là pour souligner le chagrin intérieur de cette femme.

- Il est incroyable, n'est-ce pas ?

Ce parfum vanillé… Je me tourne vers mon interlocutrice. Celle qui a le don d'apparaître dans ma vie lorsque je m'y attends le moins se tient à mes côtés. Yeux amande, peau ambrée, vous voyez de qui je parle ? Oui, c'est bien elle, Milla.

- Tu vas encore disparaître aussi vite que tu es apparue ? Parce que si c'est le cas, autant éviter de se parler.
- Tu es dur…
- Peut-être parce que j'en ai assez que tu chamboules ma vie sans crier gare ?
- C'est arrivé une fois.
- Non Milla, trois fois : dans l'avion, au mariage d'Ethan, chez Mathilde. Tu penses qu'aujourd'hui sera la quatrième ?
- Gabriel, dit-elle en plongeant ses yeux dans les miens, je ne t'ai pas rappelé car je me suis mariée.

Mon cœur manque un battement. Mariée. Ces mots résonnent désagréablement en moi telles les cloches d'une église placée au milieu d'un petit village et sonnant toutes les heures. Un vacarme assourdissant. Je baisse les yeux sur son annulaire gauche, un diamant discret, mais bel et bien présent, scintille de mille feux. J'ouvre la bouche, à la recherche d'un énième sarcasme, mais aucun son ne sort. Alors je la referme.

- Je voulais t'appeler mais…
- Salut !

L'explication foireuse de Milla est interrompue par une voix d'ange, presque tombé du ciel. Loma s'approche de nous et me scrute d'un air inquiet. Elle a le don naturel de ressentir les émotions des autres, d'un simple regard.

- Loma, je te présente Milla, dis-je en essayant de me ressaisir.
- Oh Milla ! Enchantée ! dit-elle avec un peu trop d'enthousiasme.

Depuis mes confidences nocturnes le soir de notre rencontre, nous n'avons jamais reparlé de Milla mais je sais qu'elle n'a pas oublié. Qui oublierait le moment où son coup d'un soir fond en larmes parce qu'il a pensé à une autre femme ? Certainement pas Loma !

Cette dernière se colle à moi et pose sa main sur mon dos. Bien que surpris par ce geste, je ne bouge pas et scrute la réaction de Milla. Elle frotte brièvement son nez avec son index, comme lorsque nous étions à Bali et que je la taquinais, ce qui signifie qu'elle est gênée. Néanmoins elle ne perd pas la face et adresse à la jolie brune, qui ne me lâche pas d'un poil, un timide sourire tout en évitant soigneusement mon regard.

- L'exposition vous plaît ? lui demande-t-elle.
- Les photographies sont magnifiques. Je suis complètement subjuguée par le talent de l'artiste qui arrive à capter et à retransmettre le vécu de ces personnes avec un simple objectif.
- En effet, Maria Mbatha a un véritable talent. Elle parcourt le monde et se nourrit de ses rencontres. Son travail consiste à d'abord mettre à l'aise les gens pour qu'ils se confient à elle de manière sincère et spontanée. Cela peut durer des heures. La photo n'est finalement que le témoignage visible des confidences, souvent très violentes, qu'elle a reçu en direct et qu'elle garde précieusement pour elle.
- Vous connaissez l'artiste ? demande Loma.

- Oui, j'ai la chance d'avoir pu la rencontrer. Je suis l'organisatrice de cette exposition.
- Oh, mais c'est génial !

Milla se décrispe légèrement.

- Bravo ! m'exclamé-je à mon tour tandis que la main de Loma se resserre dans mon dos. Je suis content de voir que tu as fait de ta passion ton métier, poursuis-je.

Milla hausse la tête en guise de remerciements.

- Je vais devoir m'éclipser au risque de me faire rappeler à l'ordre par le directeur du musée, prétexte-t-elle en grimaçant. Ravie d'avoir passé ces quelques minutes en votre compagnie.
- De même, s'enquit Loma, j'aimerais beaucoup poursuivre cette conversation. Ça vous dirait qu'on dîne tous ensemble un de ces jours ? J'ai rarement l'opportunité de rencontrer une galeriste, de talent qui plus est !

Milla devient écarlate. Son regard oscille entre Loma et moi. Amusé, je hausse les épaules, penaud, comme une pantin. J'ai hâte de voir par quelle pirouette elle va se sortir de cette situation et par quel écran de fumée elle va de nouveau disparaître. Elle est experte en la matière.

- Euh, dit l'intéressée en se raclant la gorge, avec plaisir ! Tu as mon numéro Gabriel, non ? lance-t-elle en tournant les talons sans me laisser l'opportunité de répondre.

La maligne ! Elle sait parfaitement que je n'ai aucun moyen de la contacter. À peine Milla a-t-elle tourné les talons que Loma m'agrippe la main et m'entraîne à l'extérieur de la pièce. Elle s'exclame alors en ponctuant ses mots de grands gestes :

- Mon Dieu, tu ne m'avais pas dit à quel point elle est canon ! C'est un avion de chasse ! Une bombe ! Un…
- Hey, calme-toi, respire ! dis-je en l'attrapant par les épaules.
- J'ai l'impression d'être une pauvre gamine à côté d'elle, dit-elle en se désignant de la tête aux pieds.

C'est vrai que son pantalon bleu ciel et sa besace en jean détonnent par rapport au tailleur beige impeccable de Milla. Loma a un vrai look de hippie qui tente d'être chic, sans toutefois y parvenir. Cela ne lui ôte en rien son charme, et puis de toute façon sa personnalité et son charisme surplombent ses habits.

- Pourquoi te compares-tu à elle ? Et d'ailleurs, pourquoi veux-tu dîner avec elle ? Ça ne va pas la tête !
- Parce que c'est ton ex, celle qui a le plus compté pour toi ! J'ai envie d'en savoir plus sur elle.
- Alors pour commencer « ex » est un bien grand mot. Nous nous sommes fréquentés à peine un mois. Je ne comprends pas pourquoi tu as subitement envie de la connaître alors que tu ne m'as jamais posé de questions auparavant. D'où vient cette crise de jalousie ? Les choses sont claires entre nous, non ?
- Ce n'est pas une crise de jalousie. Non franchement, je ne lui envie rien. Je me sens juste nulle à côté d'elle.
- Bichette, crois-moi, tu es exceptionnelle !
- Alors pourquoi sommes-nous juste amis ?
- Loma, c'est toi qui me l'as demandé ! Tu te souviens des étoiles, de l'alignement et de tout

le tralala ?

- Bien sûr, mais c'était trois mois plus tôt ! Un trimestre entier ! Une éternité, donc !
- Trois mois ce n'est rien à l'échelle d'une vie…
- Quoi ? Tu crois que je vais t'attendre toute ma vie ?

Son ton est monté d'un cran, si bien que les personnes qui nous entourent se tournent vers nous.

- Ce n'est pas ce que je dis, protesté-je en lui faisant signe de parler moins fort.
- En gros, tu me fais comprendre que mes arguments se retournent contre moi alors que je voulais juste me protéger ?
- Non, ce que je te dis, c'est que je veux continuer à avoir cette connexion hors du commun avec toi. Elle est bien plus précieuse qu'une relation amoureuse bancale.
- Tu veux juste me garder sous le coude tout en profitant de ton célibat !
- Mais qu'est-ce que tu racontes ? Tu es en plein délire.
- Tu crois que je ne sais pas que tu continues à collectionner les histoires sans lendemain ?
- Tu sais que mon rapport aux femmes est compliqué, Loma. Je tiens trop à toi pour t'embarquer dans mes névroses.
- Dans ce cas, va voir un psy !

9. ÊTRE AU BON ENDROIT

Cela fait une heure que je navigue sur internet à la recherche d'un bon spécialiste, pas un charlatan qui me délesterait d'une centaine d'euros à chaque consultation. Vous l'avez deviné, la suggestion de Loma n'est pas tombé dans l'oreille d'un sourd. Cela a même semblé être une évidence.

Pourquoi espérer guérir seul de mes blessures psychologiques ? Si j'avais le bras cassé, je ne me poserais pas de questions, j'irais voir un docteur alors pourquoi ce serait différent pour ce qui touche à la santé mentale ?

Je ne collectionne pas les femmes par plaisir. Je crois que je cours désespérément après quelque chose qu'aucune d'elle ne peut me donner. J'y réfléchis souvent sans toutefois réussir à mettre les mots exacts sur cette quête continue. Je pensais que la méditation serait mon remède, mais force est de constater qu'il me faut quelque chose de plus fort. Il me faut passer du paracétamol à la morphine. Aux grands maux, les grands remèdes.

Je ne vais pas mentir, je ne le crie pas sur les toits. Personne n'est au courant de ma démarche. J'ai toujours pensé que les psychologues aidaient les faibles. Quand mon père avait voulu me faire suivre une thérapie à cause de mes problèmes de comportement, j'avais fugué le jour du rendez-vous. J'ai disparu trois jours entiers. Trois jours d'errance dans les rues de Nice à dormir sur des bancs, dans des parcs publics. J'étais ensuite rentré en posant un ultimatum à mon père : si tu veux que je reste à la maison, alors je ne vais pas voir de psy ! La vérité, c'est que je voulais terriblement rentrer. Dormir dehors n'a rien de fun. Surtout quand on a quinze ans. Me voilà, quinze ans plus tard à rechercher moi-même un psy, sans l'aide de mon père. Ironie du sort.

Suis-je devenu faible ? Je ne crois pas. Mais je pense sincèrement que je suis malade. Incapable de m'attacher. Paralysé à l'idée de me faire abandonner. Préférant jeter que de me faire jeter. Le reconnaître est un premier pas vers la guérison. Paraît-il.

Alors j'épluche les quelques avis que je trouve sur le net. J'élimine d'emblée les spécialistes sans notation. Nous sommes au 21e siècle, si aucun de leurs patients n'a eu envie de leur laisser un commentaire positif, c'est qu'il y a anguille sous roche, ou que leur patientèle est trop âgée pour qu'ils comprennent mes soucis qui sont bel et bien actuels.

Je finis par tomber sur un nom, Nadia Louviers. Elle comptabilise une dizaine de commentaires tous plus élogieux les uns que les autres. Une femme… Maintenant que je suis convaincu que la source de tous mes problèmes vient du sexe féminin, ai-je vraiment envie de raconter à une femme mes secrets les plus profonds et sombres ? Point de misogynie.

Juste l'envie que ma parole ne soit pas bridée par la peur de vexer ou choquer mon thérapeute. Au point où j'en suis, tant pis !

J'essaie de prendre rendez-vous en ligne, son agenda est complet. Pas de rendez-vous possible pour les quatre prochains mois. Je songe à laisser tomber, mais saisi d'une intuition je décide d'appeler son cabinet. Qui ne tente rien n'a rien. Au bout de trois sonneries, je tombe sur une secrétaire très aimable à qui j'explique la situation. Elle m'indique que j'ai bien fait d'appeler car la psychologue bloque son agenda en ligne afin de mieux gérer son planning. Elle me propose un rendez-vous dans trois jours. J'accepte.

C'est ainsi que quelques jours plus tard je me retrouve assis sur un canapé en velours vert au cœur de Paris. Le vert, la couleur de l'espérance… C'est certainement un choix délibéré de la psychologue. Elle est assise en face de moi dans un fauteuil molletonné, le type de fauteuil qui doit coûter cher, très cher. Vous me direz, quitte à y passer ses journées, autant y mettre le prix.

Plus jeune que ce que je pensais, la trentaine à peine, les cheveux noués en chignon, Nadia Louviers tient un stylo entre les doigts et griffonne de temps à autre dans un calepin noir à mesure que je lui parle. Je ne serais pas surpris si elle faisait semblant. Si ça se trouve ce cahier est tout simplement rempli de dessins et gribouillages en tout genre.

Je ne lui ai pas dit grand-chose pour l'instant. Juste des banalités, Gabriel, 30 ans, vivant à Paris depuis quelques mois après quelques temps passés à Singapour. Célibataire, sans enfant, bon vivant, vie sociale bien remplie. Avec ces quelques mots, elle a tout de même écrit une page complète dans son calepin puisque je la vois tourner la page. Elle doit sûrement écrire très gros, je ne vois pas d'autre explication.

Je suis bloqué, je ne sais pas quoi lui dire de plus. Et honnêtement, je ne suis pas sûr d'avoir envie qu'elle consigne dans ce carnet tous mes mots.

- Vous allez vraiment noter tout ce que je vous dit ?

Nadia me sourit alors, ferme son calepin, et se présente à son tour d'un ton énergique. Elle est joviale et très solaire. Loin de l'image du psychologue, stricte, triste, qui fait mine d'écouter la vie de ses patients en prenant soin d'en dire le moins possible sur lui-même. C'est une agréable surprise.

J'apprends ainsi qu'elle est titulaire d'un Master en psychologie et qu'elle est passionnée par les relations humaines et les questions existentielles. Elle exerce depuis bientôt six ans, d'abord en collaboration avec des confrères et seule depuis deux ans. Nadia m'explique que le but de cette première séance est de mieux me connaître et de comprendre mes besoins. Je sens que je n'ai pas affaire à une amatrice et c'est plutôt rassurant.

- Dites-moi Gabriel, qu'est-ce qui vous a poussé à décrocher votre téléphone pour planifier un rendez-vous avec moi ?
- À vrai dire, c'est une amie, Loma, qui m'a suggéré avec justesse de consulter un psy.

Nadia reprend son carnet.

- OK, c'est donc l'élément déclencheur. Loma a eu l'air de penser que vous aviez peut être des problèmes personnels qui mériteraient de l'attention et vous semblez d'accord avec elle. De quoi s'agit-il ?

- Vous allez noter ma réponse dans votre carnet ?

Nadia se lève d'un coup et me tend le calepin. Je la regarde interloqué alors elle hoche la tête pour m'inciter à le prendre.

Sur la couverture se trouve une étiquette blanche avec mon nom, Gabriel Delaunay, écrit en lettre capitale d'une écriture soignée. J'ouvre le carnet et découvre une série de mots clés, dans tous les sens, certains plus gros que d'autres, tel un pèle mêle. Cela a presque une dimension artistique. En revanche, je ne découvre rien de plus que ce que je lui ai dit si ce n'est ces quelques mots : soigné, méfiant, peu loquace, interrogateur, confiance à instaurer …

- Rassuré, me demande Nadia ? En tendant la main.

Je lui rends son calepin, presque déçu, et elle s'installe à nouveau dans son fauteuil.

- Je pourrai le lire à chaque séance ?
- À quoi bon ? Je ne fais que noter ce que vous me dites pour éviter de vous reposer les mêmes questions.
- Vous ne faites pas que ça… vous notez également vos ressentis.
- Vous êtes contre ?
- Non, sinon je ne serais pas là.
- Alors tout va bien ! Recentrons-nous sur le sujet principal si vous le voulez bien : la raison de votre visite.
- J'ai un problème avec les femmes.
- Ah ? demande-t-elle en s'efforçant de garder un ton neutre.

À l'heure actuelle elle doit sûrement se demander si elle ne se trouve pas face à un tueur en série, psychopathe, détestant les femmes, venu uniquement dans son cabinet pour faire d'elle sa nouvelle proie. J'ai terriblement envie de jouer au taré mais je doute que ce soit approprié. Elle me flanquerait à la porte, avec raison, et je n'aurais plus qu'à dire adieu à la psychologue que les inconnus d'internet semblent apprécier. Plutôt que de faire le pitre, je reste sérieux et décide de faire preuve de sincérité :

- Je suis un grand séducteur, je ne l'ai jamais caché. J'aime flatter les femmes, j'aime sentir qu'elles s'intéressent à moi, savoir que je leur plais. Mais ça s'arrête là. Une fois que j'ai capté leur attention je perds tout intérêt, j'arrête le jeu de séduction et bien souvent je m'enfuis. C'est un blocage inexplicable.
- Et vous en souffrez ?
- Je ne sais pas. Honnêtement je ne sais pas si on peut dire que j'en souffre. Je sais simplement que c'est un problème qu'il faut que je règle car à défaut de souffrir moi, je peux faire souffrir.
- Est-ce un problème récent ?
- Pas vraiment. Je crois que j'ai toujours été comme ça.
- Avez-vous déjà été amoureux ?
- J'aurais pu l'être. Juste une fois…
- C'était quand ?
- L'année dernière.
- Et que s'est-il passé ?

Je soupire bruyamment en repensant à ce diamant scintillant au doigt de Milla.

- Je pense tout simplement que ce n'était pas notre destin. J'ai été placé sur son chemin pour lui faire prendre conscience de certaines choses, tout comme elle a été placée sur mon chemin pour m'ouvrir les yeux.

- Sur ?
- Sur le fait que j'ai profondément envie d'aimer… et d'être aimé.
- Diriez-vous que c'est une envie ou un besoin ?
- Les deux, je pense.
- Avez-vous reçu l'amour maternel ?

Je me fige instantanément. C'est une question à laquelle je ne m'attendais pas.

- Je vois très bien où vous allez, raillé-je. C'est tellement facile, forcément si j'ai des soucis avec les femmes, c'est que j'ai des soucis avec ma mère ! C'est tellement évident que je me demande pourquoi je suis là !

Nadia ne réagit pas à mes sarcasmes. Elle se contente de me fixer en penchant légèrement la tête sur le côté, carnet posé sur les genoux, stylo immobile dans la main droite. Je ne détourne pas le regard. Mes yeux lancent certainement des éclairs. Parler de ma mère me met systématiquement dans cet état. C'est quelque chose que je ne maîtrise pas. Nadia a appuyé là où ça fait mal, sans crier gare. La tension est palpable.

- Qu'attendez-vous de moi ? demande-t-elle après de longues minutes de silence.
- Je ne sais pas, réponds-je de manière désinvolte, c'est la première fois que je me rends chez un psy. Comment pouvez-vous m'aider ? Donnez-moi envie de revenir pour une deuxième séance, la défié-je pas peu fier de moi.
- Écoutez Gabriel, dit-elle d'un ton jovial, voilà ce que je vous propose : vous allez rentrer chez vous et digérer ce qui s'est passé aujourd'hui

dans ce cabinet. Consulter un psy pour la première fois n'est pas anodin, c'est souvent déstabilisant. Les deux jours suivants vous continuerez votre vie comme si de rien n'était. Sortez, voyez vos amis, comme d'habitude. Puis le troisième jour, dimanche donc, vous prendrez une feuille blanche et vous répondrez aux questions « Qu'est-ce que je veux pour moi ? Que me faut-il pour être heureux et en harmonie avec moi-même ? ». Vous y répondrez par de simples mots. Pas de phrase. Juste des mots. Sans réfléchir, de manière spontanée. Quant à nous, nous nous reverrons lundi à 18h30. Si vous le voulez bien sûr !

Elle déchire une page de son carnet et me la tend. J'y découvre les questions qu'elle vient de m'énumérer. Nadia me gratifie d'un grand sourire, réconfortant et bienveillant. Je comprends que je suis au bon endroit.

10. Y ALLER EN DOUCEUR

J'applique le programme de la psy à la lettre. Après une bonne nuit de sommeil, du sport et une journée sans encombre, le lendemain soir je me retrouve dans un bar bondé à Pigalle avec mes potes. Comme d'habitude, leurs verres de bière s'entrechoquent bruyamment. Moi, je suis sage, je me contente de boissons sans alcool. Toutefois, on est loin de l'ambiance « sofa vert et confidences » de la veille. Ça me fait un bien fou d'être là, entouré, et de faire la fête.

Loma doit se joindre à nous. J'ai réussi à la convaincre après avoir lourdement insisté. Depuis notre dispute au musée, elle est distante. Elle ne m'appelle plus et répond à mes textos de manière laconique. J'ai vraiment du mal à comprendre pourquoi. Oui, je fréquente des femmes, je ne le lui ai jamais caché, mais c'est elle qui n'a pas voulu de moi. Pourquoi me fait-elle subitement une crise de jalousie ? Je compte sur cette soirée pour dissiper les tensions.

Loma ne tarde pas à nous rejoindre. Ma petite brune préférée s'est faite belle. Sa robe noire lui va à ravir et je ne manque pas de le lui faire savoir.

- Arrête ton charme ! me lance-t-elle.

Comme à notre habitude, je l'attrape quand même par la taille et lui colle une bise sur la joue. Loma est aussi chaleureuse qu'un glaçon. Je fais mine de ne pas remarquer le malaise.

- Qu'est-ce qui nous vaut cette mise en beauté ? lui demandé-je.

Elle me fait un signe du menton afin de désigner Laurent. Vous vous souvenez du grand gaillard, qui nous avait filé un coup de main pour notre déménagement, fan de lui-même et d'œufs brouillés ? Mon sang ne fait qu'un tour.

- Il te plaît ?
- Pas qu'un peu !

Je refuse de croire que Loma, *ma* Loma, ma poupée de porcelaine, s'intéresse à ce mec prétentieux et superficiel ! Elle me fait la tête parce que nous sommes « juste » amis et en même temps elle se fait belle pour cet idiot ? Je suis perdu.

- C'est pour ça que tu es là ce soir ? demandé-je sans cacher mon irritation.

Elle hausse les épaules et se faufile jusqu'à Laurent. Je le vois passer son bras autour de la taille de Loma et lui susurrer quelque chose à l'oreille. Ces deux-là ont l'air de bien se connaître. Je suis abasourdi. KO.

J'attrape ma veste et sors fumer une clope. Ça doit bien faire deux ans que je n'ai pas fumé, mais là ce soir, j'en ressens le besoin. Je quémande une cigarette à un couple qui accepte de m'en filer une. Aussitôt allumée, aussitôt dans le bec, je me sens mieux. Je ferme les yeux et apprécie cette sensation de calme.

- Mec, tu fumes maintenant ?

L'artiste s'adosse au mur à côté de moi et allume lui aussi une cigarette.

- J'en ai marre.
- De ?
- Tout, ma vie, moi…
- De quoi tu parles exactement ?
- Dès que je m'attache à une nana, elle me fout un couteau dans le dos !
- Ah, tu parles de Loma et Laurent ?
- Tu étais au courant ?
- Il me l'a dit hier.
- Quel con !
- Si tu veux mon avis, c'est toi le con dans l'histoire. Elle t'a attendu pendant des mois.
- Quand j'ai voulu qu'on se mette ensemble, elle m'a répondu que je n'étais pas prêt.
- Oui, parce que tu pensais encore à cette fille, Milla. Mais là ça commence à faire long, mets-toi un peu à sa place.
- Je sais…
- Et pourquoi tu la fais poireauter comme ça ?
- Tu sais pourquoi…
- Non je ne sais pas ! Dis-moi !
- Parce que j'ai cette *putain* de Milla dans les veines !
- Quoi ? Tu te fous de moi ?
- Je te jure que non. Du matin au soir, je ne pense qu'à elle.
- Mais ça fait des mois que tu ne l'as pas vue ! Elle ne te calcule même pas. Il faut passer à autre chose là !
- Tu crois que je ne sais pas tout ça ?
- Tu veux mon avis ? Je pense que tu cherches

une bonne excuse pour éviter de t'engager avec Loma.

- Ça fait deux fois que tu me donnes ton avis et je ne crois pas te l'avoir demandé.

Je peste en jetant ma clope dans le caniveau. En réalité, j'ai honte de ressentir toutes ces choses pour une personne qui ne me porte aucun intérêt. J'ai extrêmement honte de m'être attaché si rapidement à une personne que je connais si peu. L'artiste vient de me jeter à la figure mes incohérences. Suis-je vraiment amoureux de Milla, ou est-ce mon subconscient qui me joue des tours pour éviter d'entamer une relation avec Loma ? Je quitte le bar, sans un mot, la fête est terminée.

De retour à l'appartement, je mets un grand coup de pied dans une chaise qui a le malheur de se trouver sur mon chemin. Elle tombe bruyamment sur le sol. Je pars dans ma chambre, me couche sur le lit, yeux rivés sur le plafond et reste ainsi immobile. Il y a mille questions qui fusent dans ma tête, existentielles pour la plupart. À commencer par, pourquoi suis-je comme ça ? Incapable de garder une femme à mes côtés ? Qu'est-ce qui ne tourne pas rond chez moi ?

Je me lève et fouille mon bureau, à la recherche du papier donné par la psy. Que me faut-il pour être heureux et en harmonie avec moi-même ? Je note instinctivement : « une famille ». C'est tout, rien de plus.

❖

De retour dans le cabinet de la psychologue, je feins la décontraction alors que j'ai une boule au ventre qui ne me quitte pas depuis deux jours.

J'appréhende cette session. Il est clair qu'aujourd'hui nous aborderons des sujets dont je n'ai pas envie de parler, des sujets qui me rendent vulnérables. Tout ce que je déteste. Nadia, toujours aussi lumineuse, me propose un thé vert à la menthe. J'accepte volontiers en espérant qu'il m'aidera à me détendre.

- Alors Gabriel, avez-vous fait l'exercice que je vous avais proposé ?

On entre directement dans le vif du sujet. Mal à l'aise, je me redresse sur le sofa qui me paraît soudainement extrêmement inconfortable. Je sors de ma poche le bout de papier, tout froissé, quelle m'avait remis lors de notre dernière séance et le lui tend. Sans un mot.

- Je comprends mieux votre mutisme, me dit-elle en le lisant. Vous savez que nous allons aborder des sujets sensibles pour vous.

Je hoche la tête.

- Nous allons y aller en douceur alors.

Vêtue d'une robe couleur crème, les cheveux tirés en un chignon élégant, Nadia ne me quitte pas des yeux.

- Dites-moi ce que ce mot « famille » représente pour vous ? Quelle est pour vous la famille idéale ?
- Un cocon d'amour, de bienveillance, de confiance.
- N'est-ce pas quelque chose que vous pouvez retrouver avec vos amis ?
- Ce n'est pas la même chose.
- Quelle est la différence ?
- Les amis, ça va, ça vient, en fonction des aléas de la vie. La famille, c'est pour toujours.
- Pourtant votre réponse sur ce papier laisse

supposer qu'aujourd'hui vous n'en avez pas.
- J'ai juste mon père.
- Où est votre mère ?
- Avec mes frères certainement, dis-je en haussant les épaules.
- Gabriel, je suis un peu perdue. Pourquoi dites-vous que vous n'avez que votre père alors ? Qu'en est-il de votre mère et de vos frères ?
- Mes parents sont séparés depuis mon enfance. Ma mère a refait sa vie, je ne la vois jamais. Autrefois nous nous appelions deux fois par an pour nos anniversaires respectifs mais cela fait bien longtemps que cette tradition a disparu.
- Et vos frères ?
- Je n'ai aucun contact avec eux.
- Quel âge ont-ils ?

Je hausse les épaules, elle me pose une colle.
- 17 ? 20 ans ? Je n'en sais rien…
- Êtes-vous d'accord pour me parler de votre enfance ?

Je hoche la tête et lui raconte tout. La vie avec mes parents dans une petite bourgade normande alors que j'étais encore un petit blondinet innocent, les jours heureux, les anniversaires avec mes amis et mes grands-parents, les fous rires, les gâteaux à la pomme que me faisaient ma mère, mon père qui m'a appris à bricoler dès mon plus jeune âge... Une enfance heureuse, avec des parents aimants et attentionnés, qui a duré sept années à peine.

La huitième année est devenue un cauchemar. Sans que je ne comprenne pourquoi, les rires quotidiens ont laissé place aux cris, la joie n'était plus qu'amertume et rancœur. Mes parents ne se parlaient plus, ils se hurlaient dessus. Sans arrêt. J'étais beaucoup trop jeune pour comprendre pourquoi ils se déchiraient mais j'essayais tant bien que mal d'apaiser les tensions. Lorsque papa oubliait de faire la vaisselle, je le lui rappelais. Si maman avait déplacé les outils de bricolage de papa, je lui disais que c'était moi qui les avais changés de place en jouant. Le soir venu, je pleurais en silence lorsque j'entendais une énième dispute que mes efforts n'avaient pas réussi à empêcher.

Un jour, en rentrant de l'école avec mon père, nous avons trouvé ma mère assise sur le canapé du salon, les mains posées sur ses genoux, trois valises à ses côtés. En me voyant, elle s'est levée, a posé un bisou sur mon front et m'a chuchoté dans le creux de l'oreille : « Maman doit partir. »

Je n'ai jamais oublié ces mots.

Ils résonnent encore en moi. Maman doit partir ? Comment ça elle doit partir ? Pour aller où ? Avec qui ? Sans moi ?

Suite à cet événement, la lumière qui habitait mon père s'est éteinte. Pas rasé, passant des heures devant la télé, le regard vide, il n'était plus que l'ombre de lui-même. Je n'étais plus que l'ombre de moi-même. Un petit garçon vulnérable, seul, qui du haut de ses huit ans, avait recommencé à faire pipi au lit.

Je sens les larmes me monter aux yeux. À mesure que je raconte ces souvenirs, ma voix se casse. Nadia se lève et vient vers moi en me tendant une boîte à mouchoirs, fleurie et colorée, qui a le mérite de me faire sourire tellement je trouve cette situation grotesque. Moi, Gabriel, pleurant dans le cabinet d'une psychologue mais heureusement, la boîte à mouchoirs magique est là !

- Que diriez-vous à votre mère si elle était en

face de vous ?

- Rien.
- Gabriel, il faut que votre rancœur sorte. Que diriez-vous si votre maman était juste là devant vous ? Celle qui vous aimait, vous berçait, vous chantait des chansons et vous faisait des gâteaux, celle qui vous prenait dans ses bras lorsque vous aviez peur, lorsque vous étiez triste ou malade… que lui diriez-vous ?
- Je n'ai strictement rien à lui dire.
- Vous n'avez rien à dire à la femme qui vous a simplement dit « Maman doit partir » avant de disparaître sans aucune autre explication ?
- Je vous dis que non !
- Gabriel, dit Nadia en haussant le ton, que diriez-vous à votre maman, celle qui est partie à l'autre bout du pays, a fondé une nouvelle famille et ne vous accorde plus aucune importance ?
- Que je la déteste ! hurlé-je.
- Pourquoi ?
- C'est évident, n'est-ce pas ? Elle m'a abandonné !

Je suis pris de violents sanglots. Toutes les questions auxquelles je n'ai jamais eu de réponses refont surface. Ces questions douloureuses que j'ai mis des années à enfouir au fond de moi. Pourquoi ma mère nous a-t-elle abandonné, mon père et moi ? Pourquoi m'a-t-elle sacrifié ? N'étais-je pas suffisamment important à ses yeux ? Qu'avais-je fait pour mériter cela ? Pourquoi aime-t-elle mes frères et pas moi ? Qu'ont-ils que je n'ai pas ?

Les larmes coulent à flot. Je ne peux pas les arrêter. Je me couche sur le canapé en position de fœtus, les genoux relevés sur ma poitrine, entourés par mes bras. Une sensation de battement se propage de mes tempes jusqu'à l'arrière de ma tête.

- Gabriel, me dit Nadia, vous allez doucement revenir au moment présent, d'accord ? Vous êtes avec moi, dans ce bureau…

Je l'entends à peine. Les larmes coulent sans arrêt alors que je revois le visage de ma mère ce jour de printemps. À l'extérieur, les oiseaux chantaient gaiement, le soleil caressait les feuilles des arbres, teintées de rose, de rouge et de toute sorte de couleur. Le printemps était là, signe de renouveau et de vie. Pourtant ce jour-là, ma vie a pris un tournant inattendu, me menant à des chemins cabossés où les arbres étaient éventrés et quasi morts, comme après une tempête. Un chemin chaotique, triste, empreint de désillusion et de déception.

Je revois le visage de ma mère. Ce visage que je trouvais autrefois extrêmement beau, cette peau parsemée de grains de beauté de toutes tailles, ce nez fin que je m'amusais à pincer pour savoir combien de temps elle tiendrait sans respirer, cette bouche qui avait pour habitude de me dire qu'elle m'aimait plus que tout au monde.

Je revois ce visage dont, paraît-il, j'ai hérité des traits. Ce visage illuminé par des yeux émeraudes similaires aux miens, ces joues rebondies et si douces qui autrefois se frottaient aux miennes.

Je revois ce visage sans émotion qui m'a annoncé en trois mots qu'elle m'abandonnait. Sans se retourner. Sans larme. Sans regret.

- Gabriel, accrochez-vous à ma voix. Lorsque vous serez prêts, vous prendrez une grande inspiration, et vous expirerez par la bouche.

Je tente tant bien que mal de m'agripper aux mots de Nadia. C'est comme si je me tenais trop proche du bord d'une falaise et que le vide m'appelait. Je suis à deux doigts de sombrer. Au loin j'entends Nadia qui prononce mon nom, inlassablement. Elle me demande de revenir à moi. Elle me rappelle que je ne suis plus ce petit garçon rongé par la tristesse. Nadia prononce mon nom encore et encore. Elle m'invite à respirer. Profondément. Mon cœur bat vite. Mes oreilles bourdonnent. L'air ne passe pas. J'étouffe.

Nadia est maintenant à mes côtés, sa main est posée sur mon dos.

- Gabriel, vous êtes en pleine crise de panique. Regardez-moi. Nous allons respirer ensemble. Calez votre respiration sur la mienne.

Je me relève afin de m'asseoir. Je regarde Nadia et inspire en même temps qu'elle. L'air frais entre enfin dans mes poumons. Je le retiens puis le relâche lentement par la bouche.

- Recommencez jusqu'à ce que vous vous sentiez mieux.

Je recommence, encore et encore. Chaque bouffée d'air chasse une partie des pensées noires qui me polluent. Je ne sais pas combien de temps je passe à effectuer cet exercice de respiration. Nadia me laisse faire et ne m'interrompt pas. Lorsque je suis prêt, je lui fais signe de la tête.

- Très bien Gabriel, me dit-elle, nous allons arrêter là pour aujourd'hui.

J'essuie mes yeux avec le dos de la main et affiche un sourire de façade.

- Alors, quel exercice dois-je faire pour notre prochaine séance ? demandé-je pour détendre l'atmosphère.

Nadia esquisse un léger sourire.

Elle déchire une page de son carnet, griffonne quelque chose et me la tend. En lisant les consignes, je secoue instinctivement la tête en signe de négation.

- Il est hors de question que j'écrive à ma mère !
- Vous pouvez accepter ou non, tout comme vous aurez le choix de lui envoyer votre lettre ou de la garder pour vous. Je reste néanmoins convaincue qu'il faut verbaliser ce que vous ressentez à son égard. Les mots ont le pouvoir magique de libérer ceux qui les utilisent. Il n'y a toutefois aucune obligation, vous êtes le seul aux commandes. Quant à nous, nous nous revoyons lundi prochain. Si vous le voulez bien !

11. GUÉRIR DE SES BLESSURES

Après cette séance de psychothérapie forte en émotion, je ressens le besoin de me recentrer sur moi-même. Je sors mon tapis de méditation du placard et m'installe sur le sol de ma chambre en position du lotus, dos bien droit, yeux fermés. Je me concentre sur ma respiration. Du bout des orteils jusqu'aux oreilles, petit à petit je laisse les tensions s'échapper de mon corps.

Une pensée persistante m'empêche cependant de complètement me détendre. Au fond de moi je sais que Nadia a raison, il faut que j'écrive cette lettre. Il faut que je mette des mots sur ce que je ressens pour enfin passer à autre chose. Alors je vais écrire cette satanée lettre, puis je ferai un trait sur mon passé.

Je me lève et prend une feuille blanche dans le bac de mon imprimante. Ne soyons pas ambitieux, ce serait déjà un petit miracle si j'arrivais à écrire une page. Que dire ? Par où commencer ? Comment rester digne ?

Cela fait vingt bonnes minutes que je suis face à

ma feuille. Je pose enfin mon stylo sur le papier, maladroitement, cela fait une éternité que je n'ai pas écrit. Qui fait encore ça ? J'ai hésité à taper cette lettre sur mon ordinateur mais cela me semble trop impersonnel, trop froid. Aussi froid que mes relations avec ma mère, me direz-vous.

Je me lance enfin :

Maman, puis-je encore t'appeler ainsi ? Il me semble que ce mot « maman » doit être réservé aux vraies mères, celles qui s'investissent dans la vie de leur enfant, celles qui aiment leur enfant. J'insiste également sur ce mot « aimer ». Je ne vais pas te demander si tu m'as aimé un jour, je sais que tu m'aimais, je sais que j'étais la prunelle de tes yeux. Ce que je ne sais pas, c'est pourquoi j'ai cessé de l'être. L'amour que tu me portais était-il conditionné à celui de papa ? Ai-je été puni parce qu'il n'y avait plus d'amour entre vous ? Suis-je une simple victime collatérale ? Celle qu'on laisse sur le bord de la route après un accident car on manque de courage pour affronter ses erreurs ?

J'existe. Je suis là. Je n'ai pas disparu.

Il y a 30 ans, le 12 juin 1992 à 14h30, tu as enfanté d'un petit garçon. Gabriel. Te souviens-tu ?

Cet enfant que tu as voulu, que tu as attendu neuf longs mois, n'est pas mort. Il est en vie.

Alors si un jour, l'envie te prend de cesser ton amnésie, si l'envie te prend d'assumer tes actes, de lui apporter des réponses, tu décrocheras ton téléphone, tu l'appelleras et tu seras sincère. Pas de langue de bois, pas d'excuse bidon, tu lui diras pourquoi tu l'as abandonné.

En attendant ce jour, sache que pour moi tu n'existes plus. Tu cesses d'être le fantôme qui hante ma vie et m'empêche d'avancer. Aujourd'hui, je décide en âme et conscience de faire une croix sur toi. Je n'ai pas besoin de ton amour. Je n'ai pas besoin de ta considération. Je serai heureux.

Je repose mon stylo en ayant la sensation d'avoir couru un marathon. Je suis vidé.

Je plie la lettre en trois et l'insère dans une enveloppe que je referme avec un peu de salive. Je note ensuite l'adresse de ma mère, ou plutôt de ma génitrice. Je ne sais absolument pas si elle y vit toujours, mais tant pis, c'est la seule que j'ai. Je ne prends pas le soin de noter d'adresse de retour. Qu'importe ce qui arrivera à ce courrier, je tourne la page. Demain il sera posté à la première heure.

Je prends ensuite mon téléphone et me décide à appeler Loma. Elle décroche au bout de la deuxième sonnerie.

- Je craignais que tu me fasses la tête, répond-elle.
- Alors pourquoi tu ne m'as pas appelé ?
- Par honte ?

Je l'imagine à l'autre bout du fil avec sa petite bouille gênée et j'ai soudainement envie de la serrer dans mes bras.

- Je peux passer chez toi ?
- Gabriel, il est 23h…
- Tu vas dormir ?
- Non, mais c'est le bordel chez moi, je travaille demain - toi aussi d'ailleurs - et puis je suis déjà en pyjama.
- Ton pyjama panda préféré ?
- Exactement.
- Tu me montres ?

Nous passons en appel vidéo. Loma s'efforce de cadrer son pyjama noir et blanc doté d'une capuche avec deux oreilles de panda. Elle tire la langue et fait des yeux ronds. Je ne peux m'empêcher de rire.

- Loma, je suis désolé…
- Non c'est moi qui suis désolée. Laurent ne me plaît même pas tant que ça. J'ai juste cherché à te faire réagir. C'était puéril.
- Non vraiment, c'est moi le problème. Tu n'as rien à te reprocher. Je tiens réellement à toi mais tu avais raison lorsque tu disais que je n'étais pas prêt. Je veux seulement que tu saches que j'essaie de régler mes problèmes.
- Ah, et comment ?
- Je vois une psychologue.
- Depuis quand ?
- À vrai dire, depuis que tu me l'as suggéré. J'en suis à ma deuxième séance.
- Et ?
- Et c'est déroutant…
- Tant que cela te mène sur la route du bonheur, dit-elle en me faisant un clin d'œil.

Je me contente d'esquisser un sourire.

- Tu es toujours motivé pour passer à la maison ? me demande-t-elle.
- Ton appart n'est plus en bordel ?
- Au pire, si ça te dérange, tu m'aideras à le ranger.

Une demi-heure plus tard je frappe à sa porte. Loma, vêtue de son pyjama atypique, ouvre et me prend aussitôt dans ses bras. Je dois avouer que cela me fait un bien fou. Je ferme les yeux et reçois cet élan d'affection.

- Tu m'as manqué, dit-elle en ne desserrant pas son étreinte.
- Ça fait seulement trois jours que nous ne nous sommes pas parlés !
- Oui, une éternité…

Loma finit par me lâcher. Nous entrons dans l'appartement que je découvre en parfait état. Rien ne traîne, pas même un livre posé nonchalamment sur une table basse. En revanche je découvre dans le salon deux verres de vin remplis, posés à côté d'un petit ramequin d'olives vertes et une planche à découper sur laquelle sont posés des morceaux de fromage et de saucisson. Une enceinte Wi-Fi diffuse un léger fond sonore.

- Il faut que je vienne te voir plus souvent, la taquiné-je.

Elle rougit instantanément et se cache sous sa capuche que j'enlève. Je veux voir ses joues rosées. Nous prenons nos verres et buvons à notre réconciliation.

Loma m'invite à m'asseoir sur son canapé deux places tandis qu'elle s'assied à califourchon à même le sol.

- Il y a assez de place pour nous deux, raillé-je en tapotant la place vacante.
- Je sais, mais il n'y a pas de sensation plus agréable que celle du sol.

Je me laisse glisser du canapé et m'installe moi aussi sur le parquet qui craque sous mon poids. Je caresse les veines du bois du bout des doigts.

- Alors ? me demande Loma avec une lueur dans les yeux.
- C'est à tomber par terre !

Elle éclate de rire, ce qui dévoile ses dents blanches parfaitement alignées. Son rire est si innocent et joyeux qu'il est capable de me faire oublier mes problèmes d'adulte dépressif. Je donnerais n'importe quoi pour l'entendre encore et encore.

- Tu sais que je t'aime Loma ?

Elle se racle la gorge, entoure ses genoux de ses bras et me sonde d'un air suspicieux.

- Il y a des mots qu'il ne faut pas dire à la légère.
- Je suis sérieux.
- Parle-moi de ta thérapie, me demande-t-elle.
- C'est intense.
- Mais ça te fait du bien ?
- Je ne dirais pas que ça me fait du bien, loin de là. J'étais dans un sale état aujourd'hui. En revanche ça me permet de mieux comprendre d'où viennent mes traumas.

Je sens qu'elle n'ose pas me poser davantage de questions. C'est bien la première fois. Alors je lui raconte. Je lui parle de la séparation de mes parents et de l'abandon de ma mère. Cette fois, je suis détaché de toute émotion, aucune larme, aucun trémolo dans la voix. Je lui en dis suffisamment pour qu'elle comprenne pourquoi je suis celui que je suis, sans toutefois tomber dans le pathos. Je ne veux pas qu'elle me plaigne. Mon objectif, ce soir, est de lui faire comprendre que j'ai une peur incontrôlée de recevoir de l'amour pour qu'on me l'enlève par la suite. Cette peur est si forte que je préfère couper court à toute relation sérieuse plutôt que de ressentir à nouveau une telle douleur. C'est un principe que j'ai toujours respecté à l'exception d'une fois où je me suis surpris à baisser la garde. L'exception qui confirme la règle. Milla.

Il faut dire que tout s'est passé très vite entre nous. Je lui parle de notre rencontre improbable dans un avion un matin de février. Je lui explique pourquoi j'ai été touché par son histoire. Il en faut du courage pour tout quitter et partir à l'autre bout du monde, il en faut encore plus pour parler à un inconnu de ses craintes les plus profondes. Cet inconnu c'était moi.

Milla s'est confiée alors qu'elle ne connaissait rien de moi, elle m'a ouvert une porte de son âme. Je me suis senti privilégié, chanceux, moi qui tenais à l'écart quiconque tentait d'en savoir plus sur la personne que je suis réellement. Elle était curieuse et voulait tout connaître de moi. À qui avait-elle raconté ses secrets ? Pour la rassurer je lui ai parlé brièvement de ma vie sans toutefois entrer dans les détails, sans en dire trop. Toujours pudique. Toujours peureux. Cette peur viscérale, de donner de l'importance à quelqu'un qui n'en vaudrait pas la peine, ne me quittait pas.

Pourtant avec elle, j'avais envie, j'avais envie d'être moi, Gabriel, simplement. J'avais envie d'essayer. Sans masque, sans protection. Le croyez-vous ? J'étais celui qui tentait de la rassurer, celui qui essayait de la convaincre de prendre le risque et de nous donner une chance. J'avais envie de lui montrer qui je suis réellement, au-delà du con, du séducteur, du farceur... J'avais envie de lui faire de la place dans mon cœur et pourquoi pas dans ma vie.

Carpe Diem.

Malheureusement, cela n'a pas suffi. Je sais qu'elle a apprécié ma personne, que je lui ai plu, au-delà du physique, au-delà des apparences… je sais… Nous avions une vraie connexion. Et pourtant, elle est partie et s'est assurée de couper les ponts. Comme ma mère.

L'histoire de ma vie. Les femmes qui comptent le plus pour moi finissent toujours par me quitter.

Au départ je prenais cette nouvelle désillusion à la légère. Après tout ce n'était qu'un amour de vacances voué à l'échec, un moment hors du temps que je finirais par oublier. Puis petit à petit, je me suis rendu compte que son image ne me quittait plus. J'essayais de la retrouver en chaque femme que je rencontrais. Aucune n'était assez bien. Aucune assez authentique, vraie. Je me sentais de plus en plus seul à l'autre bout du monde. J'avais besoin de me reconnecter à mon environnement, d'où ma décision de rentrer en France.

Je raconte à Loma comment je suis tombé par hasard sur Milla et comment l'histoire s'est répétée. L'illusion d'un amour possible. L'illusion d'un intérêt mutuel. Il n'en était rien. Cet amour, que je fantasmais, était à sens unique.

Loma vient se blottir contre moi et pose son oreille droite contre ma poitrine.

- Je te souhaite de guérir de tes blessures, dit-elle à voix basse.

12. NE PLUS REGARDER LE PASSÉ

Il est sept heures du matin lorsque mon réveil sonne. J'entends brièvement grincer les ressorts du lit de Loma à travers les cloisons fines. J'éteins l'alarme pour éviter qu'elle ne se réveille. Hier soir je n'ai pas eu le courage de rentrer à la maison mais si j'avais su que je me réveillerais avec un tel mal de dos, je ne me serais pas fait prier. Le canapé minuscule de Loma est certes pratique, mais il n'est en rien confortable.

Je me lève en tâchant de faire le moins de bruit possible. Mission impossible avec ce parquet qui grince au moindre de mes pas. Je fais au mieux. Une fois dans la salle de bain, je me contente d'une toilette rapide en attendant de prendre ma douche à la maison.

Je sors de l'appartement sur le bout des pieds en prenant les clés accrochées à l'entrée. Un rapide coup d'œil vers le miroir du hall m'indique que mon sommeil n'a pas été réparateur. Il faut dire que j'ai à peine dormi quatre heures. Nous avons passé la soirée à papoter et à rire. J'en ai eu des crampes, tellement j'ai ri. Après mes confidences intimes, Loma, fidèle à elle-même s'est chargée de détendre l'atmosphère. Elle m'a à son tour raconté son enfance, bien loin de la morosité de la mienne. Fille unique d'une fratrie de quatre enfants, elle a fait les quatre cents coups avec ses frères, au point d'avoir une tonne d'anecdotes à raconter, toutes plus drôles les unes que les autres, à n'en plus finir. Elle m'a promis qu'un jour je rencontrerai ses frères, en particulier Daniel, l'ainé dont elle est le plus proche.

Je m'arrête à la boulangerie située en bas de son immeuble. Ne connaissant pas vraiment ses goûts en matière de viennoiseries je prends la totale : un croissant, un pain au chocolat, un pain au raisin, des chouquettes, un chausson aux pommes, le tout accompagné d'une bouteille de jus d'orange frais. Mes victuailles sous les bras, je remonte à l'appartement.

Je passe un œil à travers la chambre de Loma, elle est toujours endormie. Je fouille alors dans les placards de la cuisine à la recherche d'un plateau et y dépose le petit déjeuner. Sur son frigo se trouve une ardoise sur laquelle est noté : « Aujourd'hui sera une belle journée ! ». J'y ajoute : « Parce que Gabriel a préparé mon petit déj. (Je t'appelle plus tard) ».

C'est parti. Direction l'appart avant d'affronter une journée au boulot. J'y suis sous les coups de 8h20. Pas en avance donc. L'artiste n'y est pas, il quitte en général l'appartement à 8h. Je ne traîne pas, à peine le temps de prendre une douche bien chaude, je suis déjà reparti. Je n'ai pas oublié de récupérer la lettre qui trônait sur mon bureau. Sans hésitation, je la glisse dans la boîte postale jaune située au bout de ma rue. Les dés sont lancés. Je me sens pousser des ailes. C'est en effet une belle journée qui commence.

Au bureau, Martine m'accueille avec des cookies faits maison parsemés de pépites de chocolat. Une véritable tuerie. Je la remercie en lui promettant de lui donner un coup de main sur ses dossiers. Je croise ensuite mon chef qui tire la gueule de si bon matin. Selon Martine, il est en plein divorce et sa femme, bientôt ex, lui mène la vie dure. Je le salue et lui conseille de prendre un ou deux cookies. Le pauvre baragouine quelques mots indéchiffrables. J'acquiesce sans comprendre, il est trop tôt pour gérer de la négativité.

Une fois face à mon poste, mon téléphone vibre dans ma poche. Nouveau message. Je lis :

« Tu aurais pu/du me réveiller mais comme tu as pensé au petit déjeuner, tu es pardonné. »

Dans la foulée, je reçois un second message :

« Pour info, ce que je préfère ce sont les croissants, de préférence pas trop cuits. »

Puis encore :

« Tu m'appelles à quelle heure ? »

Je réponds :

« La patience est la mère de toutes les vertus. Arrête de me harceler. Bonne journée Loma, je t'appelle plus tard. »

Je m'attends à recevoir une nouvelle salve de SMS taquins mais rien, nada. Je suis déçu.

- Mon petit doigt me dit qu'il y a de l'amour dans l'air, chantonne Martine.
- Mais qu'est-ce que tu racontes ?
- Ton visage tout fripé m'indique que tu as peu dormi, pourtant ce matin tu es d'hyper bonne humeur, ce qui est assez rare ces derniers temps. De plus, tu ne quittes pas ton téléphone des yeux et tu souris bêtement.

- Depuis quand es-tu médium ?
- Perspicace, pas médium !
- Mais bien sûr…
- Comment elle s'appelle ? C'est la petite dont tu me parlais l'autre jour ?
- Je ne vois pas de qui tu parles.
- Lola ? Non ce n'est pas ça… C'est un prénom un peu plus original. Lo… ma ! C'est ça ?

Je hausse légèrement la tête en guise d'approbation tout en levant les yeux au ciel.

- Bingo ! s'esclaffe Martine, extrêmement fière d'elle.
- Bon, au boulot maintenant !

Je mets mon casque sur mes oreilles afin de couper court à la conversation. Les douces notes de blues m'apportent la sérénité nécessaire pour me concentrer sur mon travail.

Huit heures plus tard, il est temps de rentrer à la maison. Je range mes clics et mes clacs en vitesse. Plus tôt je serai rentré, plus tôt je pourrai appeler Loma. Je n'ai cessé de penser à elle aujourd'hui. Cela fait des mois que nous nous connaissons, mais ce n'est pas comme d'habitude. Je ressens un véritable besoin de lui parler et d'être avec elle. Il faut croire que je m'attache. Au-delà de la simple amitié.

Pourquoi ce changement soudain ? Il semblerait que son petit stratagème avec Laurent a fonctionné. La voir avec lui m'a fait l'effet d'un électrochoc. J'ai été extrêmement jaloux. C'est un sentiment que je ne connaissais pas. Je ne me suis jamais senti en compétition avec qui que ce soit. Mais là, j'ai vraiment eu peur de la perdre. Je l'ai ressenti dans mes tripes. J'ai besoin de Loma dans ma vie.

Je ne me suis jamais confié de la sorte à qui que ce

soit, mis à part ma psychologue, mais ça ne compte pas. Même L'artiste n'a pas eu droit à cette version du « Gabriel fragile et blessé ». Si j'ai pu m'ouvrir, c'est parce que Loma est une personne qui m'inspire confiance. Elle dégage énormément de bonté, d'amour et de sincérité. Des qualités qui comptent beaucoup pour moi.

Hier soir je l'ai regardée différemment. J'ai vu la femme qu'elle est, j'ai imaginé la femme qu'elle sera et la mère qu'elle deviendrait. Je me suis vu à ses côtés. Nous étions entourés de gamins joyeux et bruyants. Une famille heureuse et bienveillante.

Je crois qu'écrire à ma mère m'a permis de me libérer d'un poids. Faire sortir toutes ces larmes, toute cette tristesse, toute cette rage et cette rancœur que j'avais au fond de moi m'a fait un bien fou. Je ne veux plus regarder le passé. J'ai envie d'aller de l'avant. Il est temps.

Je vous avoue que j'ai la frousse. Mon cœur me dit de me laisser aller, mon esprit est en panique totale. Suis-je simplement dans une phase de ma vie où j'ai besoin de réconfort ? N'est-ce pas une conséquence directe de ma thérapie ? Est-ce par facilité que je me rapproche de Loma ? Parce qu'elle est à l'écoute ? Je n'ai pas les réponses à ces questions et honnêtement je ne veux pas y réfléchir.

Lorsque j'arrive à l'appartement, je trouve L'artiste adossé au plan de travail de la cuisine. J'ai l'impression que cela fait une éternité que nous ne nous sommes pas vus. Depuis quelques temps, nos emplois du temps ne sont pas très compatibles. Nous nous croisons sans toutefois avoir le temps de réellement discuter.

- Hey, me salue Matthieu. Je me demandais si tu

vivais toujours ici !

- Tu plaisantes ? C'est toi qui n'es jamais là ! Tu as rencontré quelqu'un ou quoi ? demandé-je en cherchant quelque chose à grignoter dans le frigo.

Il se racle la gorge, ce qui a le mérite de me détourner de ma recherche de nourriture. Je referme la porte du frigo.

- Je veux tout savoir !
- Tu te souviens de Mathilde ?
- Mathilde, la pote de Milla ?

Il hausse la tête.

- Mais non, tu déconnes, pas Mathilde quand même ! Après ce qu'elle t'a fait ?
- Elle n'était pas dans son assiette ce soir-là.
- Embrasser un drogué à deux mètres de toi, c'est ça que tu appelles ne pas être dans son assiette ? raillé-je.

Devant la déception provoquée par cette annonce, mon estomac recommence à faire des siennes. Il gargouille bruyamment, me rappelant son existence. L'artiste me tend alors un paquet de biscuits à la fraise.

- Ça se passe bien avec elle ? demandé-je quelque peu adouci.

Il tripote nerveusement ses doigts. Ne comprenant pas pourquoi cette question anodine le stresse, j'insiste pour qu'il me parle.

- Nous allons nous marier.
- Quoi ?

Je suis réellement choqué. Les bras m'en tombent.

- C'est une blague ?

Il me fait un signe négatif de la tête.

- Elle est enceinte ?

- Pas du tout ! On est au 21e siècle Gabriel, les gens ne se marient plus pour couvrir une grossesse.
- Pourquoi alors ?
- Parce qu'on s'aime ! C'est généralement l'amour qui pousse les gens à se marier, Gab.
- Ou l'argent…
- Elle ne roule pas sur l'or et moi non plus d'ailleurs.
- Mais vous vous aimez au bout de deux jours ?
- Cela fait déjà plusieurs mois qu'on se fréquente. Nous avons préféré vivre notre histoire à l'abri des regards.
- Je fais partie des « regards » ? demandé-je, vexé.
- Tu as vu ta réaction ?
- Oui mais parce que tu m'annonces tout cela d'un coup ! Si j'avais été au courant dès le début que vous étiez ensemble, ça ne serait pas un tel choc aujourd'hui. Et puis je n'ai rien contre le fait que vous vous fréquentiez – quoique c'est discutable – mais de là à vous marier ? Honnêtement je ne comprends pas.

L'artiste ne dit rien. Je ne suis vraiment pas fan de Mathilde. Elle ne m'inspire pas confiance. Si je m'écoute, j'en rajoute une couche pour qu'il ne se laisse pas aveugler mais je le sens peiné. Je ravale donc mes remarques acerbes.

- Écoute, si tu es heureux, alors je le suis. Ce que tu vois là, c'est la réaction de quelqu'un qui tient énormément à toi et qui ne veut pas te perdre.
- Tu ne me perdras pas.

Nous nous faisons une accolade amicale, comme

lorsque nous étions plus jeunes après une dispute. C'est mon ami le plus cher au monde. Je ferais n'importe quoi pour cet homme. Si cela signifie accepter qu'une hurluberlue devienne sa femme, ainsi soit-il.

- J'ai quelque chose à te demander, dit-il en desserrant son étreinte. Est-ce que tu acceptes d'être mon témoin ?
- Bien sûr, dis-je en lui tapant dans la main.

Je le taquine en lui rappelant à quel point il était nul en séduction autrefois. Qui eut cru qu'il serait casé avant moi ? Les blagues fusent de part et d'autre. Nous sommes maintenant hilares dans la cuisine. Notre séance de vannes est néanmoins interrompue par la sonnerie stridente de l'appartement. Nous sursautons. L'artiste m'indique ne pas attendre de visite. Je regarde à travers le judas et y vois la petite silhouette de Loma. Mon cœur bat subitement la chamade sans que je ne comprenne la raison de cet affolement.

- Mais qu'est-ce que tu fais là ? demandé-je en ouvrant la porte.
- J'en avais marre d'attendre ton appel, avoue-t-elle timidement.

Loma me tend une petite boîte de macarons colorés.

- En guise de remerciements pour ce matin, précise-t-elle.

Je meurs d'envie de l'embrasser. Au lieu de cela, je me contente de lui faire la bise. Le simple contact de sa peau sur la mienne provoque de petits picotements que je tente d'ignorer. Je l'invite à entrer.

- Tu tombes à pic, lancé-je alors qu'elle salue L'artiste, on s'apprêtait à fêter une super nouvelle.

- Ah oui, laquelle ?
- Figures-toi que notre artiste légendaire va bientôt se marier !

Loma écarquille les yeux et laisse échapper un cri de joie en tapant dans ses mains tandis que L'Artiste devient écarlate. Quant à moi, je sors une bouteille de vin blanc, à défaut de champagne, et trois verres. Nous trinquons joyeusement au bonheur de mon ami.

13. BRISER LA GLACE

Deux mois plus tard.

Les futurs mariés, Matthieu et Mathilde, ont tenu à réunir leurs proches amis dans un restaurant pour fêter leurs fiançailles. Enfin, ça c'est la version officielle. En réalité, il s'avère que leurs témoins de mariage respectifs ne sont autres que Milla et moi-même. Ils veulent donc s'assurer que la cérémonie se passera bien et qu'il n'y aura pas de baston entre leurs témoins. Comme si nous n'étions pas deux adultes civilisés…

En titillant un peu L'artiste, il a fini par m'avouer que ce dîner est une idée de Mathilde qui craint particulièrement une scène de jalousie du « mari » de Milla. Paraît-il que ce dernier n'est pas un grand fan de ma personne. Je ne sais pas ce qui me vaut cette hostilité, si ce n'est que sa femme et moi avons fricoté quelques jours à l'autre bout du monde, alors même qu'ils n'étaient pas en couple. Cela m'indique une chose sur sa personne : c'est un homme fragile qui manque visiblement de confiance en lui.

Quoiqu'il en soit, je me rends au dîner le cœur léger et accompagné de Loma. Nous sommes depuis peu officiellement en couple. Il faut croire que les étoiles se sont alignées. Ou tout simplement qu'il était temps de cesser nos gamineries.

C'était un vendredi soir. Alors que nous étions chez elle et que nous regardions un film, Loma s'était subitement assise à califourchon sur mes genoux, me faisant face. Ce geste ne me surprit pas plus que ça, je sais qu'il lui manque parfois quelques cases à ma petite brune préférée.

- Gabriel, j'en ai marre !
- Du film ? C'est vrai qu'il n'est pas terrible.
- De cette relation platonique. Je veux plus !

Cela faisait longtemps que notre relation n'était en rien une simple amitié pour moi. Loma m'attirait, je n'en pouvais plus. Mais je voulais faire les choses bien avec elle et lui prouver que je l'aimais réellement. Je ne voulais pas la traiter comme un vulgaire bout de viande.

- Tu ne doutes plus de ma sincérité lorsque je te dis que je t'aime ?
- Je ne sais pas, dis-le moi pour voir.
- Je t'aime, Loma.
- Ça sonne encore un peu faux. Essaie encore.
- Je t'aime.
- Encore ?
- Je t'aime, je t'aime, je t'aime, je te le dirai autant de fois que nécessaire pour que tu me croies.
- Moi aussi, je t'aime Gabriel.

Je l'avais alors soulevée par la taille et nous avions terminé la soirée dans sa chambre.

Depuis, notre devise c'est la communication et l'honnêteté avant tout.

- Si tu veux que cela fonctionne entre nous, m'avait-elle dit, il va falloir que tu me parles et que tu me fasses part du moindre doute. Moi aussi j'en ferai de même.

Cette transparence totale vis-à-vis de nos sentiments respectifs m'aide à désamorcer mes mécanismes de défense avant qu'ils ne deviennent incontrôlables. Je m'intéresse à la personne qu'elle est réellement et cesse petit à petit de projeter mes peurs sur elle. Non Gabriel, elle ne va pas te quitter. Non, toi non plus tu ne la quitteras pas.

Loma a une double personnalité que j'apprécie particulièrement. En public, elle a ce côté volubile qui ne laisse personne indifférent. Dans l'intimité, elle est douce, calme, patiente. Nous pouvons parler de tout sans aucun tabou. Cette délicatesse associée à cette éloquence forme un équilibre parfait. Cela m'apaise lorsque mes insécurités tentent de reprendre le dessus.

Je pense aussi que ma thérapie porte ses fruits. Nadia ne me ménage pas mais voir une psychologue, parler à une personne neutre, me permet de prendre du recul. Tout n'est pas noir ou blanc. Chaque femme est singulière. Seule l'une d'entre elle est ma mère. Les femmes de ma vie n'ont pas à porter le fardeau de celle-ci.

Je n'ai jamais reçu de réponse à mon courrier, ni d'appel. Pouvais-je réellement en attendre quelque chose ? Espérer un retour de celle qui a fait de la lâcheté un principe de vie ? J'ai intégré l'idée que je n'aurai pas de relation avec ma mère, que je ne saurai jamais pourquoi elle m'a ôté de sa vie. Je suis en paix. Même s'il est encore trop tôt pour crier victoire, je ne suis plus tétanisé par ma peur de l'abandon.

Au contraire, j'essaie d'être à la hauteur de Loma.

Son âme est pure, sans vice. Je ne lui ferai jamais de mal.

- Gabriel, m'avait-elle interpellé deux jours plus tôt, est-ce que tu penses encore à Milla ?
- De moins en moins.
- En la voyant, y a-t-il une chance pour que tu aies de nouveau envie d'être avec elle ?
- Non, tout cela est derrière moi maintenant.
- Je sais que je n'ai aucune chance face à elle, avait-elle insisté, s'il te plaît si tu n'es pas sûr de toi, ne me laisse pas aller à ce dîner.
- Loma, la seule personne avec qui j'ai envie d'être, c'est toi.

Je suis sincère lorsque je lui dis que je ne pense quasiment plus à Milla. J'ai encore des pensées parasites mais on est loin du chagrin d'amour que je ressentais il y a encore peu. Selon Nadia, Milla a été un catalyseur. La rencontrer a ravivé des peurs en lien avec mon enfance qui, tôt ou tard, auraient ressurgi. C'est une cicatrice qui s'estompe petit à petit, un petit souvenir témoignant d'une douleur passée, que je n'oublierai pas mais qui ne me fait plus mal.

- Comment me trouves-tu ? me demande Loma avant de quitter l'appartement.

Je sais que cette question n'est pas anodine. Depuis qu'elles se sont rencontrées, elle ne peut s'empêcher de se comparer à Milla. Loma se trouve moins jolie, moins « femme fatale », alors quand je la vois tourner sur elle-même pour se montrer sous toutes les coutures, je l'attrape par la taille et l'embrasse longuement.

- Tu es un diamant brut, lui dis-je dans le creux de l'oreille, ne l'oublie jamais.

Nous arrivons au restaurant en avance. La table se

trouve à l'abri des regards au sous-sol. Les murs en pierre de cette cave reconvertie sont éclairés par des luminaires dorés, ce qui donne du cachet à la pièce. Loma et moi nous installons côte à côte à l'extrémité de la table.

Les premiers invités ne tardent pas à arriver. Il s'agit de la sœur de Mathilde et de son compagnon, Laura et Stéphane. Ils se placent en face de nous. Loma complimente Laura sur sa tenue. S'ensuit une conversation sur les boutiques tendance du moment.

Nous sommes rapidement rejoints par Mathilde et Matthieu ainsi qu'un autre couple d'amis, Sindy et Jean. Milla et son mari, Théo, ferment la danse quelques minutes plus tard et s'installent à l'autre bout de la table en s'excusant pour le retard. Loma pose sa main sur mon genou, je la serre.

De ma place, je vois à peine Milla. Je la devine plus que je ne la vois réellement. En revanche Théo est en ligne de mire. Stature imposante, blond, queue de cheval, barbe, plutôt charismatique. Je ne sais pas pourquoi mais je ne l'imaginais pas comme ça. Enfin, je crois que je ne l'imaginais pas du tout. C'était simplement un fantôme dans mon esprit. Vous savez cette présence dont vous êtes conscients mais qui reste irréelle.

Le dîner se déroule dans la bonne humeur. Les futurs mariés sont mis à l'honneur et nous racontent à quel point ils sont impatients d'être au jour J. Mathilde semble étonnement saine d'esprit. Bien loin de la jeune femme déjantée que j'avais rencontré quelques mois plus tôt. J'apprends même qu'elle est prof de yoga à ses heures perdues et qu'elle fait régulièrement des retraites silencieuses. Loma et elle ont beaucoup de points communs. Ma jolie brune a des étoiles dans les yeux en écoutant Mathilde raconter ses séminaires.

À la fin du plat principal, après avoir posé un bisou sur la joue de Loma, je m'éclipse afin de fumer une cigarette à l'extérieur. Comme à chaque fois que j'inhale la première bouffée, je ferme les yeux, laissant la nicotine se propager dans mon corps.

- Ça fait du bien n'est-ce pas ?

J'ouvre les yeux et me retrouve face à Théo. J'acquiesce en silence. Il allume lui aussi une cigarette. Une Ferrari rouge passe bruyamment dans la rue avant de s'arrêter quelques mètres plus loin au feu rouge.

- C'est mon rêve de piloter une Ferrari un jour, lâche Théo.
- Comme tout le monde, n'est-ce pas ?

Mon ton est plus cassant que je ne le souhaite.

- Pas faux, me répond le blond sans se vexer.
- Tu regardes un peu la formule 1 ? demandé-je en m'efforçant à rester aimable.
- Oui, dès que je peux. Le moins que l'on puisse dire c'est que chez Ferrari ils construisent des voitures performantes mais ils ne sont pas très doués en stratégie.

Cette boutade a le mérite de m'arracher un rire. Je me détends un peu. Nous poursuivons notre conversation d'amateurs de courses automobiles tout en regardant la voiture flamboyante s'éloigner. Notre discussion bifurque ensuite naturellement sur le sport de manière plus générale. Théo est un fan de boxe, tout comme moi. Comble du hasard nous étions inscrits dans le même club mais à des périodes différentes. Ce monde est si grand et pourtant si petit.

En parlant de la taille de notre planète, Théo la

met en comparaison avec celle de l'univers immense qui nous entoure ainsi que des nombreuses galaxies et étoiles qui le composent.

- C'est impossible qu'il n'y ait pas de vie ailleurs ! lâche-t-il.
- Qu'ils débarquent les extraterrestres ! Peut-être qu'enfin les hommes s'uniront au lieu de se faire la guerre.

Nous parlons du monde toujours plus violent dans lequel nous vivons, de la difficulté d'élever des enfants en leur inculquant des valeurs morales. Théo me confie être inquiet pour l'avenir de son fils, Noah, né d'une précédente relation. En effet, lorsque j'ai rencontré Milla, elle venait tout juste d'apprendre qu'il allait devenir papa. Ils s'étaient séparés quelques mois plus tôt et cette nouvelle avait eu l'effet d'une bombe sur Milla. Elle n'avait pas complètement fait le deuil de leur histoire. Sur un coup de tête, elle avait acheté un billet d'avion pour Bali. C'est lors de ce vol que nous nous sommes retrouvés côte à côte. Il restera à jamais gravé dans ma mémoire.

J'écoute Théo me raconter comment Milla a accepté son fils comme s'il était le sien, malgré les difficultés. Selon lui, les relations avec la mère de Noah ne facilitent pas les choses. Est-ce vraiment étonnant ? Théo et Milla se sont remis ensemble alors que son fils n'était pas encore né. J'ai moi-même été choqué alors j'imagine sans difficulté que cela n'a pas dû être simple à vivre pour la mère du bébé.

Je découvre à travers son récit des facettes de la personnalité de Milla que je ne soupçonnais pas. Épouse aimante, belle-mère attentionnée, Milla semble prête à tous les sacrifices par amour. Autrefois fébrile et pleine de doutes vis-à-vis du mariage et de la vie de famille, elle s'est métamorphosée. La petite chenille est devenue papillon.

Je ne sais pas pourquoi Théo me raconte tout cela. Enfin, oui je sais. C'est un test. Qu'il soit rassuré. Je ne ressens rien. Sauf peut-être de la compassion pour Milla. J'espère que cette vie est réellement ce qu'elle souhaite. J'espère qu'elle ne s'oublie pas. La femme qu'elle est, celle qui souhaite être libre, mérite d'être heureuse.

- Gabriel, je dois t'avouer que j'avais une toute autre image de toi.
- Ah, toi aussi ?
- Je suis content d'avoir brisé la glace, dit Théo en me tendant la main.

Je ressens un réel soulagement de sa part.

- Moi aussi, réponds-je en saisissant sa poignée.

Sur ces mots, nous décidons de rejoindre les autres qui ont sûrement déjà entamé le dessert. En arrivant au sous-sol du restaurant, Matthieu hoche discrètement la tête en ma direction en guise d'interrogation. Je réponds à son geste par un clin d'œil. Il comprend instantanément que la hache de guerre est enterrée.

Puis je croise le regard de Milla. Il n'est pas serein. Elle se demande sûrement ce que Théo et moi avons bien pu nous dire pendant tout ce temps. Je me rends compte que ces yeux qui autrefois provoquaient en moi un raz-de-marée, ce regard qui s'imposait à moi dès que je fermais les yeux, ne me fait plus d'effet. J'en suis soulagé.

Théo se penche vers elle et pose un bisou sur son front avant de s'asseoir. Quant à moi, je prends place aux côtés de Loma qui me chuchote à l'oreille :

- Ça va ?

- Parfaitement bien.

14. CRÉER DE NOUVEAUX SOUVENIRS

9 mois plus tard.

Nous sommes dans un immense jardin en bordure du lac d'Annecy. Mathilde et Matthieu ont opté pour une cérémonie laïque dans ce cadre magnifique. En ce début de mois de mai, le soleil est au rendez-vous, laissant ses rayons illuminer le lieu.

Je suis aux côtés de L'artiste qui, je le sais, est stressé mais ne laisse rien paraître. Impeccablement vêtu dans son costume à quatre pièces vert clair, il se tient droit en attendant sa belle. Je lui fais un clin d'œil, tout va bien se passer.

En face de moi, la témoin de la mariée, Milla, sourit en attendant elle aussi son arrivée. Les mains nouées dans le dos, elle se balance légèrement, laissant sa robe, sous laquelle se dessine un ventre arrondi, virevolter au gré de ses mouvements et du vent.

Il y a au maximum une cinquantaine d'invités. Les deux amoureux ont préféré être entourés de leur cercle proche pour fêter ce jour. Dans l'assemblée,

Loma se tient au second rang, juste derrière la famille de L'artiste. Ses cheveux noirs descendent en cascade autour de ses bras tandis que ses yeux pétillent d'excitation. Ma jolie brune est magnifique.

De l'autre côté se trouve la famille de Mathilde. Ses grands-parents, qui ne sont plus tout jeunes, ont tenu à faire le déplacement. Ils se tiennent côte à côte, main dans la main. Cette scène, a priori anodine, me touche. J'aspire à un amour aussi solide, avec Loma.

J'aperçois Théo quelques rangs plus loin. Nous échangeons un signe de tête tandis qu'un petit garçon aux cheveux bouclés lui tapote la main afin d'attirer son attention.

Alors qu'une musique se fait entendre, les invités se lèvent instinctivement afin d'accueillir la mariée. Mathilde apparaît au bras de son père, son visage dissimulé sous un voile. Elle avance lentement jusqu'à Matthieu, en marquant au passage un léger temps d'arrêt près de sa mère qui la serre dans ses bras.

Les mariés s'échangent quelques mots à voix basse. Ils sont dans leur bulle. Le maître de cérémonie ne les interrompt pas, il les laisse profiter de leur moment. L'office commence ensuite sur un ton léger et joyeux, tout comme les mariés.

Après avoir tous les deux crié « Oui, je le veux ! », c'est sous les applaudissements et les cris de joie de tous qu'ils nous invitent à les suivre pour une séance photo. L'artiste porte sa femme dans ses bras tandis que nous nous égosillons : « Vive les mariés ! »

S'ensuit un cocktail dînatoire dans une salle avec une vue époustouflante sur le lac. Cette étendue d'eau bleutée scintille sous les rayons du soleil couchant. De nombreux bouquets de fleurs et luminaires rendent l'ensemble magnifique. Des serveurs se faufilent à travers les invités afin de proposer des bouchées apéritives en tout genre. Loma et moi goûtons à tout en savourant chaque morceau.

En entendant sa musique préférée, ma jolie brune ne me laisse pas le choix. Elle me tire par les mains et m'entraîne sur la piste de danse. Je proteste en vain et finis par capituler. Rien ne sert de lutter, c'est elle qui décide. Loma me guide mais rien n'y fait, mon corps n'en fait qu'à sa tête. Nous rions aux éclats sous le regard amusé des convives. Pour mettre un terme au massacre, je la fais tournoyer sur elle-même puis l'embrasse.

Je m'éclipse ensuite afin de faire un saut aux toilettes. Elles se trouvent au fond de la salle, au bout d'un couloir étroit. Alors que je m'apprête à ouvrir la porte, je tombe nez à nez avec Milla. Maladroitement, je m'écarte pour la laisser passer, elle fait de même. Nous sommes comme deux pantins bougeant de gauche à droite. Milla pouffe de rire.

- OK, toi sur ta gauche, moi sur ta droite ! s'exclame-t-elle en posant ses mains sur mes bras pour me guider.

Nous parvenons enfin à laisser passer l'autre. Milla me lâche.

- Il faut dire que tu prends de la place maintenant, dis-je en désignant son ventre.
- Toujours aussi charmant !

Je hausse les épaules.

- Je me souviens que tu avais beaucoup de doutes concernant ton envie d'être mère.
- Je ne vais pas te mentir, je suis morte de trouille.
- Comme pour le saut en parapente ?

À l'évocation de ce souvenir, ses yeux gris

s'illuminent. Elle esquisse un sourire.

- Encore plus !
- Mais pourquoi ?
- J'ai peur de ne pas être à la hauteur… Je me suis laissée convaincre car Noah, le fils de Théo, nous apporte beaucoup de bonheur. Il nous a donné envie d'agrandir la famille.
- Tu seras une maman formidable, je n'ai aucun doute.
- Je l'espère, murmure-t-elle.
- C'est prévu pour quand ?
- Dans quatre mois, en septembre.
- La grossesse te va vraiment bien, tu rayonnes.

Elle me remercie tout en caressant son ventre. Tradition de femme enceinte.

- Et toi, quoi de beau dans ta vie ? demande-t-elle.
- Loma et moi avons emménagé ensemble, je découvre la vie de couple.
- Tu as quasiment la bague au doigt maintenant.
- Oh, n'exagérons rien !
- En tout cas, elle a l'air d'être une chouette fille, pleine de vie.
- En effet, c'est une boule d'énergie. On ne s'ennuie jamais avec elle.
- Vous formez un beau couple.

Je ne réponds pas.

- J'ai aussi repris contact avec ma mère.
- C'est top ! Comment cela s'est-il fait ? Je sais que vous aviez des relations compliquées.
- Il s'est passé beaucoup de choses… mais pour résumer j'ai enfin eu sa version des faits. Sa vie n'a pas été simple. Je pense qu'il est temps de faire une croix sur le passé et de créer de

nouveaux souvenirs.

- Ça me fait vraiment plaisir d'entendre cela, c'est une bonne chose.

Un silence gênant s'installe.

- Gabriel, je s…
- Ne dis rien Milla, la coupé-je. Je ne t'en veux pas.

Nous nous fixons. Sans un mot. Cela dure une fraction de seconde mais c'est suffisant pour que je remarque une étrange lueur dans ses yeux. De la mélancolie ? Je n'en sais rien. Je ne veux pas savoir. Je lui souhaite le meilleur dans sa nouvelle vie de maman. Elle me retourne mes vœux de bonheur puis nous reprenons chacun notre route.

Je suis de retour dans la salle de réception au moment où la mariée décide d'animer la soirée. Elle s'apprête à lancer son bouquet, composé de dahlias orangés, afin de découvrir qui sera la prochaine mariée. Les célibataires se pressent autour d'elle dans l'euphorie générale. Mathilde mime un premier lancer, puis un deuxième. Le troisième est le bon. Les fleurs s'envolent par-dessus son épaule en formant une parabole à l'équation mathématique parfaite avant d'atterrir dans les bras de l'heureuse élue : Loma.

EPILOGUE

Gabriel, mon fils…

J'aimerais trouver les bons mots, ceux qui me permettraient de soulager ta peine et de panser les blessures que je t'ai infligées.

Mais je ne les trouve pas ces mots. Ce que j'ai fait est inexcusable. Je t'ai laissé tomber, toi mon petit garçon.

Alors pourquoi ? Pourquoi suis-je partie sans explication ? Pourquoi t'ai-je laissé avec ton père ?

Notre mariage était loin d'être serein, j'étouffais, je suffoquais même. Il fallait que je reprenne mon souffle, que je prenne du recul pour mieux revenir. Au départ je devais simplement partir dix jours. Je me suis rendue chez tes grands parents, pour réfléchir, mettre de l'ordre dans mes pensées. Puis les dix jours se sont allongés, une semaine de plus, bientôt un mois, trois mois…

De même, au départ nous nous parlions au téléphone tous les jours. Tu me racontais tes journées, me demandais quand je rentrerai. Puis les appels se sont espacés, tous les trois jours, une fois par semaine, par mois…

En quittant ton père, je pensais revivre. Je pensais retrouver ma vie, ma liberté, réaliser mes rêves les plus fous. Nous nous étions mariés trop jeunes. Pourtant la réalité fut toute autre. J'étais plus que jamais seule. La solitude est un sentiment destructeur qui ronge de l'intérieur. Paradoxalement, plus on se sent seul, plus on s'isole. Dans mon cas, j'étais clouée au lit, incapable de me lever, incapable de penser, de trouver une quelconque motivation.

Après que ta grand-mère ait lourdement insisté, je me suis rendue chez le médecin de famille afin de trouver une solution contre ma dépression. Je n'y ai pas trouvé de remède en revanche dans la salle d'attente j'ai rencontré Jacques.

Il m'a aidé à remonter la pente, m'a redonné goût à la vie. Je reprenais des forces. J'avais maintenant mon propre appartement si bien que j'ai entamé les discussions avec ton père pour une garde partagée. Tu étais un garçon intelligent et farceur. Mon petit ange. Je souffrais de ne pas te voir suffisamment.

Tout était prêt pour t'accueillir. Une semaine sur deux, d'un commun accord avec ton père. Ta chambre était décorée sur le thème des étoiles. À l'époque tu étais obsédé par ces « petits points de lumière dans le ciel », alors j'en avais mis partout sur les murs et le plafond.

La veille de ton arrivée une dispute a éclaté entre Jacques et moi. Il me reprochait d'en faire trop pour toi, de ne plus penser qu'à toi alors que c'est lui qui m'avait sorti du trou. Je lui ai tenu tête, en réponse il m'a donné un coup de poing. Ce fut le premier d'une longue série.

Je n'ai jamais rien dit à ton père. Officiellement, j'ai simplement changé d'avis. Il serait le seul à avoir ta garde. Les coups que je recevais n'étaient rien comparé à la douleur que je ressentais de devoir renoncer à mon fils. Pour son bien.

Ce calvaire a duré deux ans. Il m'a fallu deux longues années afin de m'éloigner de mon bourreau. Deux longues années pour fuir à l'autre bout du pays. J'ai trouvé refuge à Lyon. C'est comme si la vie me donnait une seconde chance, un nouveau départ. Je voulais coûte que coûte me reconstruire.

J'ai de nouveau pris contact avec toi mais c'était compliqué. La distance n'aidait pas. Tu parlais peu. Je sentais que tu m'en voulais. Comment te le reprocher alors que ces dernières années nos échanges avaient été brefs ? Ils ressemblaient davantage à une corvée qu'à un moment privilégié entre mère et fils. Cela me brisait le cœur à chaque fois.

Entre temps, j'ai rencontré Tony et nous nous sommes mariés. Tes frères sont nés peu de temps après. Élever des jumeaux demande énormément d'énergie. Je n'en suis pas fière, mais mon attention s'est focalisée sur eux. C'est ainsi que petit à petit j'ai cessé de t'appeler. C'est ainsi que petit à petit, nous nous sommes éloignés. Pour de bon cette fois.

Je m'en veux de ne pas avoir essayé plus. Je m'en veux d'avoir pensé que tu pouvais vivre sans moi. Je m'en veux d'avoir construit une famille sans t'y inclure. Je m'en veux de ne pas avoir été à la hauteur et d'avoir raté tant de choses.

Tu méritais mieux. Tu mérites mieux.

Je suis prête à faire tout ce que je peux pour rattraper mes erreurs. Cette lettre est un début, j'espère qu'elle t'apportera les réponses que tu recherchais. La vérité est moche, ce que tu pressentais est vrai : j'ai été lâche. Si j'ai préféré écrire, cette fois ce n'est pas par manque de courage, c'est parce que l'émotion m'aurait empêché de te dire tout cela de vive voix.

Je te remercie de m'avoir tendu la main et de m'avoir donné l'opportunité de te dire les choses. J'espère sincèrement que cela nous permettra de réparer notre relation, pièce par pièce. Elle ne sera jamais parfaite, le mal est fait, mais nous avons la possibilité d'en faire quelque chose de beau et d'unique. Saisissons cette chance.

Cela me ferait extrêmement plaisir de te recevoir à la maison pour ton anniversaire, le 12 juin prochain. Si tu ne le souhaites pas, je serai dévastée mais je comprendrai et je respecterai ton choix.

Ta mère qui t'a aimé, t'aime, et t'aimera. Toujours.

À PROPOS DE L'AUTEUR

Originaire de la Guadeloupe, c'est désormais entre l'ébullition de Paris et le calme de la Normandie que Lycia Etz vit au quotidien.

Elle est une artiste dans l'âme qui ressent le besoin d'exprimer sa sensibilité à travers différents moyens d'expression. C'est donc tout naturellement qu'après la musique et le dessin, elle décide de se lancer dans l'écriture.

« Les femmes de ma vie » est le deuxième tome de la série « Ma vie ». Que vous cherchiez un moment d'évasion, un sourire tendre ou une larme émue, celle-ci saura vous captiver grâce à des héros attachants et des histoires d'amour palpitantes.

Printed by Amazon Italia Logistica S.r.l.
Torrazza Piemonte (TO), Italy

58931857R00077